NOTICE HISTORIQUE

SUR LA VIE ET LES TRAVAUX

DE

M. ROUX-ALPHÉRAN

PAR

M. MOUAN

Secrétaire-perpétuel de l'Académie des Sciences, Agriculture
Arts et Belles–Lettres d'Aix

*Lue dans les Séances des 7 Décembre 1858
et 4 Janvier 1859*

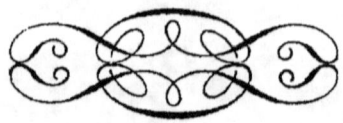

AIX

IMPRIMERIE ILLY, RUE DU COLLÉGE, 20.

1859

E. Lagier del.

Roux Alphenix

rès un dessin de M^r Al R. de FONVERT.

Lith. F Raibaud Mars^{lle}

NOTICE HISTORIQUE

SUR LA VIE ET LES TRAVAUX

DE

M. ROUX-ALPHÉRAN

PAR

M. MOUAN

Secrétaire-perpétuel de l'Académie des Sciences, Agriculture
Arts et Belles–Lettres d'Aix

*Lue dans les Séances des 7 Décembre 1858
et 4 Janvier 1859*

AIX

IMPRIMERIE ILLY, RUE DU COLLÉGE, 20.

1859

NOTICE HISTORIQUE

SUR LA VIE ET LES TRAVAUX

de

M. ROUX - ALPHÉRAN

par

M. MOUAN

Secrétaire-perpétuel de l'Académie des Sciences , Agriculture ,
Arts et Belles-Lettres d'Aix

*Lue dans les Séances des 7 Décembre 1858
et 4 Janvier 1859*

MESSIEURS ,

Les traces du passé s'effacent de jour en jour
parmi nous : nos vieilles traditions, nos anciennes coutumes, l'histoire de ces familles dont
l'existence fut signalée par des faits plus ou
moins glorieux, les rares et précieux vestiges
de tant de monuments que les siècles ont em-
portés dans leur course ou que la main de
l'homme a renversés, tout cela semble se dé-
rober au culte de notre génération préoccupée

des exigences et des soins du présent. Bientôt nos propres annales disparaîtraient dans l'oubli ou deviendraient l'objet de l'indifférence, si quelques amis du pays entièrement dévoués à son illustration ne s'efforçaient d'en raviver les souvenirs par leurs patientes recherches et leurs travaux consciencieux.

Au premier rang de ces hommes si dignes de notre estime, un juste sentiment de reconnaissance a placé depuis longtemps l'honorable M. Roux-Alphéran dont la perte a excité les plus vifs regrets, non-seulement au sein de cette Académie, mais encore dans la cité tout entière. Dévoué de cœur au pays, Provençal dans l'acception du terme la plus étendue, M. Roux-Alphéran a consacré sa longue carrière à l'étude de notre ancienne province et notamment à des recherches sur la ville qui fut son berceau et celui de ses pères. Pendant plus d'un demi-siècle il a appliqué sans relâche toutes ses facultés intellectuelles à exhumer, à classer et à faire connaître à ses concitoyens les divers documents propres à rehausser la gloire du sol natal. Nulle pensée ne put le détourner d'un travail objet de sa prédilection, nulle considération ne le fit dévier de la route qu'il s'était tracée et qu'il poursuivit jusqu'au bout avec un courage digne de tous nos éloges. Au mérite de l'écrivain, M. Roux-Alphéran joignait les qualités

de l'honnête homme et les vertus du véritable
chrétien. Le nombre de ces amis du pays diminue chaque jour. Si de leur vivant, ils n'obtien-
nent pas un témoignage public de gratitude,
justice est rendue tôt ou tard à leur mémoire
vénérée.

Il est doux d'avoir à raconter la vie et à juger
les œuvres d'un homme de bien et d'un auteur
dont le mérite est constamment resté en parfait
accord avec le caractère. Chargé par vos bien-
veillants suffrages de développer les titres de
M. Roux-Alphéran à notre estime, je vais essayer
d'accomplir ma tâche avec cette simplicité qui
fut le double attribut de l'existence et des travaux de notre honorable confrère.

FRANÇOIS-AMBROISE-THOMAS ROUX-ALPHÉRAN
naquit à Aix le 29 décembre 1776, de M.
Jean-Baptiste Roux, avocat, et de dame
Magdeleine-Gabrielle d'Alphéran (1). Il appartenait à une des plus anciennes familles de la
ville d'Aix et dont les membres méritèrent bien
du pays à diverses époques. Dans la branche
paternelle de notre académicien, Balthazard
Roux, son bisaïeul, obtenait, le 30 juin 1675, un
brevet de secrétaire ordinaire de la reine Marie-
Thérèse d'Autriche, femme de Louis XIV (2).
Jean-Joseph Roux, son aïeul, avait été reçu
avocat du roi au bureau des trésoriers de France

de la généralité d'Aix. Jean-Baptiste Roux, son père, avocat au Parlement, ne parut point au barreau et s'occupa peu de sa profession. Il occupait dès 1773 la charge de secrétaire-greffier de l'hôtel-de-ville et de la viguerie d'Aix. Avant d'être investi de ces utiles fonctions, il avait mis en ordre les archives de la cité dont il dressa un inventaire complet en 1 volume in-fol. conservé sous le nom de *Livre-Roux* (3). Il y joignit quatre autres volumes in-fol. qu'il intitula : *Dictionnaire des délibérations jusqu'en 1788* (4). En outre il consigna dans un registre à son usage divers mémoires pour servir au cérémonial de la ville continués jusqu'au 21 février 1790 (5). Enfin son principal ouvrage est un Tableau chronologique des syndics particuliers appelés ensuite syndics et assesseurs annuels, et depuis 1497 consuls et assesseurs de la ville d'Aix, avec les faits les plus mémorables et les règlements les plus importants de chaque consulat, depuis 1250 jusqu'en 1786 inclusivement (6).

Mais c'est surtout dans la famille de sa mère, celle des d'Alphéran, que M. Roux pouvait compter des aïeux recommandables à divers titres.

Un manuscrit précieux conservé religieusement dans sa maison et sur lequel nous aurons à revenir, contient à ce sujet des détails pleins d'intérêt : originaires de Naples, les Alphéran passèrent en Provence et s'établirent à Esparron-de-Pallières où ils avaient possédé d'importantes propriétés. Le premier de cette famille qui vint se fixer à Aix est Pierre Alphéran ; il y fut reçu notaire vers 1500. Antoine, son fils, également notaire, eut de son mariage avec Catherine de Bussan plusieurs enfants, entr'autres Gaspard et Pierre. Le premier, zélé ligueur, avait composé en 1598 une histoire provençale restée manuscrite et dont l'original est à la Bibliothèque Impériale, *fonds Dupuy*, n° 655 ; elle est mentionnée par divers auteurs tels que Pitton, le père Lelong et l'abbé Papon. Pierre suivit la carrière des armes et fut enrôlé dans les milices organisées par Henri d'Angoulème, grand prieur de France et gouverneur de Provence. Ces deux frères sont les chefs des deux branches de cette famille qui subsiste encore à Aix et dont l'aînée fut ennoblie en 1724 pour des services signalés rendus au pays pendant une contagion qui le désolait. L'une et l'autre de ces deux branches ont produit plusieurs personnages célèbres tels que des consuls, de braves militaires, de nombreux prieurs de Saint-Jean-de-Malte, des prélats, des abbés du monastère de Sept-Fonds, des conseillers au Parlement, des avocats près de cette cour souveraine et des chevaliers de Saint-Louis.

Ce furent là les honorables traditions que le jeune Roux eut le bonheur de recueillir dans sa famille : par égard pour cette noble maison des d'Alphéran et pour se conformer d'ailleurs aux intentions de sa digne mère, il joignit à son nom, dès l'âge le plus tendre, celui d'Alphéran. Une ordonnance royale du 20 septembre 1814 l'autorisa à prendre cette dénomination, sur le vu des pièces attestant qu'il avait toujours porté les deux noms sans interruption ni contradiction.

M. Roux-Alphéran eut le double avantage de recueillir auprès de ses vertueux parents les traditions d'un amour pour le pays, devenu une espèce de patrimoine et tous les éléments d'une éducation parfaite. Ces heureuses circonstances trouvèrent en lui un disciple attentif, zélé pour le travail, et rempli d'ardeur pour s'initier à une foule de connaissances proportionnées à son âge.

Il fit ses études au Collége royal Bourbon, dirigé alors par les pères de la doctrine chrétienne. Quoique le nombre des anciens condisciples de M. Roux-Alphéran diminue chaque jour, nous avons pu interroger deux honorables habitants de notre ville qui furent ses compagnons de classes (7). Ils se rappellent encore, non sans émotion, les excellents rapports qu'ils avaient entretenus avec un condisciple que sa douceur, son affabilité et ses manières polies rendaient cher à tous ceux qui l'entouraient. A peu près étranger aux amusements de son âge, le jeune Roux ne recherchait d'autre plaisir que l'étude, d'autre délassement que l'affection de ses parents.

L'éducation classique puisée alors dans les maisons d'institution n'était sans doute point dépourvue de mérite, mais elle était bien moins variée que celle offerte aujourd'hui à la jeunesse studieuse par nos divers établissements. Notre confrère sut acquérir au collége d'Aix un goût bien prononcé pour nos chefs-d'œuvre de la littérature française et ce goût il l'entretint constamment. Dans ses dernières années, il se plaisait à réciter divers morceaux de nos grands poètes du dix-septième siècle. Mais le principal objet de ses études était déjà l'histoire locale vers laquelle il se sentait naturellement entraîné et qui l'a occupé d'une manière presque exclusive, pendant toute sa vie.

Parvenu à l'âge de 25 ans et le 16 mars 1804, M. Roux-Alphéran unit sa destinée à celle de la fille d'un négociant de notre ville, mademoiselle Marie-Anne-Antoinette Renoux (8). A cette époque nos églises étaient encore fermées à la piété des fidèles et le mariage religieux dut être célébré dans la maison du père de la compagne que M. Roux-Alphéran s'était choisie.

Peu d'années après et le 25 juin 1804, M. Roux-Alphéran avait la douleur de perdre sa vertueuse mère. Quant à son père, M. J.-B.

Roux, il était mort le 27 octobre 1793, victime de la loi dite des suspects. M. Roux-Alphéran a consigné dans son ouvrage des *Rues d'Aix*, des détails pleins d'intérêt sur la captivité et la mort du respectable auteur de ses jours. On nous permettra de rapporter ici le passage relatif à une démarche qui honore d'autant plus la piété filiale de M. Roux que la timidité de son caractère paraissait devoir l'en rendre incapable : « Le samedi 26 octobre, le représentant « du peuple Paul Barras, traversant la ville « d'Aix, s'y arrêta quelques instants dans le « courant de l'après-midi ; nous courûmes nous « jeter à ses pieds. Il eut pitié de nos larmes, « et écrivit sur un chiffon de papier l'autori- « sation qu'il nous donnait de faire transférer « notre père dans sa maison, en indiquant « toutefois les précautions à prendre par les « autorités pour prévenir son évasion... (l'éva- « sion d'un vieillard moribond !).... Notre père « expira le lendemain vers midi à l'âge de « soixante-treize ans et cinq mois moins deux « jours, dans nos bras et sous les yeux de deux « gardiens chargés, disaient-ils, de veiller à ce « qu'il ne prit la fuite, etc. (9). »

M. Roux-Alphéran avait été destiné par sa famille à la profession d'avocat ; par suite des évènements politiques, il ne put entrer au barreau qu'en 1802. Ne cherchons pas à le dissi-

muler, il n'était point né pour les luttes de la
barre. Non-seulement elles étaient en opposition
directe avec ses goûts, mais encore une timidité
naturelle et qu'il ne pouvait surmonter l'empêcha
toujours de s'exprimer en public. Il n'eut donc
de l'avocat que le titre, mais quelques années
après il allait être investi de fonctions plus en
harmonie avec son caractère et ses études de
prédilection.

En 1807, la charge de secrétaire en chef de
la mairie devint vacante par la promotion du
titulaire à une des justices de paix de la ville
d'Aix. Notre cité avait alors pour premier admi-
nistrateur un de ces hommes doués du privilège
de discerner avec à propos les sujets qui ont le
plus d'aptitude à telle ou telle autre fonction.
M. de Fortis fixa son choix sur M. Roux-Alphéran, et il faut avouer qu'il ne pouvait être
plus heureux. Celui qui exerce les fonctions de
secrétaire d'une commune doit sans doute veiller
avant tout à la prompte expédition des affaires
du moment ; toutefois il convient encore qu'il
soit initié à la connaissance de ce qui a eu lieu
dans le passé sur des questions qu'il s'agit de
résoudre en l'état : les anciennes traditions
doivent toujours être présentes à sa mémoire.
M. Roux-Alphéran accepta avec joie une charge
si conforme à ses goûts, et puis n'allait-il pas
renouer le lien interrompu qui l'unissait à son

regrettable père! Aussi s'exprime-t-il ainsi dans
son ouvrage des *Rues d'Aix*, au sujet de sa
nomination : « C'est là un emploi que nous
« n'avons jamais cessé de regretter, alors même
« que nous avons exercé pendant près de 15
« ans une autre charge plus lucrative et peut-
« être plus honorable, celle de greffier en chef
« de la Cour royale, à laquelle nous appela
« Louis XVIII (10). »

Je ne m'étendrai point sur le concours éclairé
que prêta M. Roux-Alphéran aux diverses affaires
administratives, ni sur le zèle qu'il déploya pour
établir un ordre parfait dans les archives confiées à ses soins. Son esprit méthodique lui faci-
litait toujours l'accomplissement du devoir.

Après la seconde restauration, la position
de certains fonctionnaires devint embarrassante.
Telle est la conséquence de ces révolutions, de
ces changements de règne dont notre patrie a
été le théâtre plus d'une fois.

Le greffe de la Cour était occupé par une
personne fort honorable, sans doute, mais que
des opinions politiques ou des motifs particuliers de reconnaissance attachaient à la dynastie
Napoléonienne. Le gouvernement des Bourbons
pourvut à son remplacement.

Deux députés de notre ville pensèrent que
M. Roux-Alphéran réunissait toutes les qualités
convenables pour occuper la charge de greffier

en chef. Voici en quels termes M. Roux raconte
cette circonstance de sa vie :

« En 1815 , M. le marquis de Lagoy étant
« à Paris, membre de la Chambre des députés,
« eut l'idée de me faire nommer aux fonctions
« de greffier en chef de la Cour royale d'Aix
« qu'il savait devoir être vacantes, lors de la
« nouvelle institution de cette Cour, à cause
« des opinions politiques du titulaire bien pro-
« noncées contre la maison de Bourbon. Après
« s'être assuré de mon acceptation, M. de Lagoy
« rédigea une demande formelle de cette place
« et la présenta au ministre avec le marquis
« de Bausset, son beau-frère. »

La requête des deux honorables députés fut
favorablement accueillie. « Dispensez-vous, je
« vous prie, écrivait M. le marquis de Lagoy
« au nouveau titulaire, de tous remercîments.
« Nous sommes si heureux de pouvoir vous
« témoigner, en cette circonstance, toute l'es-
« time que vous méritez, que vous ne nous
« devez aucune reconnaissance (11). »

Bientôt une ordonnance royale du 13 décembre 1815 investit M. Roux-Alphéran des fonctions de greffier en chef et sa prestation de
serment eut lieu le 4 janvier 1816 (12). Un
sentiment de reconnaissance pour le bienveillant
concours que lui avait prêté M. le marquis de
Lagoy, inspira à M. Roux-Alphéran la pensée

de placer dans son cabinet une inscription re-
latant le service du député d'Aix à son égard.
Plusieurs années après, et en février 1830, il
écrivait à M. le marquis Roger de Lagoy, fils
du député : « A défaut du portrait de feu M. le
« marquis de Lagoy, votre respectable père et
« mon bienfaiteur, que j'ai cherché vainement
« à me procurer, je viens de faire placer dans
« mon cabinet l'inscription dont je joins ici une
« copie... J'espère que vous daignerez me par-
« donner d'avoir osé consacrer à ses mânes ce
« monument de ma reconnaissance et de ma
« vénération (13). »

M. Roux-Alphéran demeura chargé pendant
près de quinze années de la conservation des
minutes, registres et autres actes de la Cour.
Ces fonctions avaient pour lui un double avantage : elles mettaient à sa disposition une foule
de documents précieux et inédits pour ses travaux historiques et elles n'absorbaient pas tellement son temps qu'il ne pût se livrer avec
ardeur aux études qui firent le charme de sa
vie.

A la révolution de Juillet, plusieurs membres
de la Cour crurent devoir résigner leurs fonctions. Le premier de tous (14), M. Roux-Alphéran se démit spontanément de sa charge, suivant
le procès-verbal qui fut dressé le 7 août 1830.
Dans l'ardeur de ses convictions et dans son

amour pour la royauté déchue qui ne se dé-
mentit à aucune époque, il n'hésita point à tout
sacrifier à ce qu'il regardait comme l'accomplissement d'un devoir. Sa logique était inflexible.
Peut-être son esprit timoré lui montrait-il déjà
dans la victoire du peuple, la reproduction des
scènes sanglantes de 1793, dont son vertueux
père avait été une des victimes : un autre motif
fondé sur un pur sentiment de loyauté aurait
encore amené sa détermination. Il dit dans un
de ses manuscrits : « Le procédé aussi généreux
« de la part de M. de Lagoy qu'honorable pour
« moi, puisque je ne sollicitais rien, ne pouvait
« m'inspirer que la plus vive reconnaissance,
« quoiqu'il en ait dit. Je crois avoir rempli un
« devoir d'honneur et de délicatesse envers sa
« mémoire, en me démettant volontairement de
« mes fonctions, à la première nouvelle des
« évènements qui ont renversé le trône de Char-
« les X (15). » Les manières affables de M. Roux-
Alphéran et son obligeance à toute épreuve lui
avaient conquis de nombreuses sympathies non-
seulement au sein de la Cour, mais encore auprès de toutes les personnes que des rapports
d'affaires mettaient en communication fréquente
avec lui. Aussi sa retraite excita-t-elle des regrets
unanimes. Respectons ce qui est dicté par la
voix de la conscience et tout ce que l'homme
de bien considère comme une obligation impé-

rieuse. Qu'on veuille néanmoins me permettre une réflexion : les gouvernements se succèdent en France. Emportées par le tourbillon populaire les dynasties sont remplacées par d'autres races, mais la France toujours debout ne saurait périr. Tout en rendant hommage à d'honorables scrupules, regrettons que leur exigence ait plus d'une fois privé l'administration du pays du précieux concours de tant d'hommes de cœur, de conscience et de talent.

A cette même époque de 1830 et le 25 septembre, M. Roux-Alphéran fut remplacé dans les fonctions de conseiller municipal dont il crut aussi devoir se démettre. Une ordonnance royale du 19 septembre 1821 l'avait nommé membre du conseil de ville et il avait été installé en cette qualité le 16 octobre suivant (16). Son zèle et son assiduité aux séances le désignèrent à ses collègues pour être secrétaire du conseil, et pendant les neuf années de son exercice il s'acquitta avec une régularité parfaite de la mission toute de confiance dont il avait été investi.

Au milieu de ces diverses fonctions, comme lorsqu'il fut rentré dans la vie privée, M. Roux-Alphéran ne cessa de se livrer avec passion à l'étude de la localité et à la recherche de tous les matériaux, chartes et pièces inédites concernant la Provence et son ancienne capitale. Il n'épargnait ni peines ni soins pour arriver à son but. Non-seulement il se rendait acquéreur des manuscrits dont la vente lui était signalée, mais il en avait encore copié un grand nombre, de sa main. La riche Bibliothèque de notre ville lui fournit à ce sujet une mine qu'il exploita avec une assiduité remarquable. Lorsque le hasard lui avait procuré la découverte de quelques vieux titres, il les collationnait avec le plus grand soin et il prenait toutes les mesures en son pouvoir pour en assurer la conservation. « Dans l'intention d'arriver à quelque résultat « inattendu, disait-il, nous aimons à flâner, et « c'est un reproche que nous font assez souvent « de plus badauds que nous, sur les places « publiques ou dans les boutiques des fripiers, « des bouquinistes et des relieurs chez lesquels « viennent finir, tous les jours, les vieux titres « et papiers des anciennes familles qui s'étei- « gnent (17). »

Pendant son secrétariat de la mairie, M. Roux-Alphéran avait formé un recueil in-fol. de 788 pages, pour faire suite au registre de son père, relatif aux annales de notre cité. Cette œuvre de patience et d'exactitude est demeurée en la possession des héritiers de M. Roux qui nous l'ont communiquée avec beaucoup d'obligeance et d'empressement, ainsi que tous les autres manuscrits qui ne font point partie de ceux donnés

à la Bibliothèque d'Aix. L'auteur retrace dans
ce recueil, les principaux faits de 1787 à 1811,
ceux notamment qui se rapportent à l'époque
de la Révolution. Nous y avons remarqué plusieurs délibérations de la communauté d'Aix,
concernant la tenue des États généraux, divers
détails sur la nouvelle organisation de la France,
des délibérations des amis de la Constitution et
des frères anti-politiques, plusieurs proclama-
tions, le récit des fêtes patriotiques et autres
sujets non moins dignes d'attirer la curiosité
du lecteur (18).

Les fonctions de greffier en chef facilitèrent
encore à notre confrère la formation d'un autre
recueil de 750 pièces, concernant la famille de
sa mère, celle des Alphéran (19) : il avait à sa
disposition les registres de l'ancienne sénéchaussée d'Aix où sont transcrits notamment les contrats de mariage soumis à l'insinuation depuis
le milieu du xvime siècle jusqu'au commencement
du xviiime ; il avait eu soin, en outre, de noter
sur les registres des anciennes paroisses d'Es-
paron-de-Pallières, d'Ollières et de Rians, déposés au greffe de la Cour, tous les actes de
baptêmes, mariages et sépultures concernant les
individus portant le nom d'*Alphéran*. Enfin les
registres de l'hôtel-de-ville, ceux des notaires mis
obligeamment à sa disposition et plusieurs actes
importants dont la découverte fut due au hasard,

contribuèrent encore à aider M. Roux à élever un monument de piété filiale religieusement conservé dans sa famille.

Lorsque la Société des amis des sciences, des belles-lettres, de l'agriculture et des arts fut établie à Aix, en 1808, M. Roux-Alphéran fit partie des membres fondateurs et se montra fort assidu aux séances ; cependant à l'époque de 1830, il ne parut plus aux réunions et son nom cessa de figurer sur la liste des membres de la Société devenue *Académie* par ordonnance royale du 5 avril 1829. Plus tard, et en 1840, il fut sur sa demande réintégré à son ancien rang (20).

Ses lectures à la docte Compagnie se rattachaient constamment à l'histoire et aux souvenirs du pays.

Dans le courant de l'année 1817, il signalait à ses confrères la découverte d'un recueil de plusieurs lettres authentiques du roi René écrites à divers personnages de 1468 à 1471. Ce précieux manuscrit avait appartenu à César Nostradamus qui le céda à Peiresc. A la mort de cet illustre savant, l'ouvrage passa à son neveu le baron de Rians dont une fille avait épousé un membre de la famille Simiane, et c'est dans cette maison qu'avait été conservé le manuscrit des lettres du roi René. En 1812, madame de Simiane fit don de ce recueil à M. le docteur Lautard, membre de l'Académie de Marseille,

et M. Lautard le confia pour quelque temps à
M. Roux-Alphéran. Ces mêmes lettres ont été
acquises, au commencement de 1857, des héritiers du docteur Lautard, pour la bibliothèque
d'Aix, grâce à la bienveillante intervention d'un
bibliophile marseillais (21). Notre manuscrit
ayant été présenté alors par une main amie à
M. Roux, le vénérable octogénaire ne revit pas
sans une vive émotion dont nous fûmes témoin
et après un intervalle de 45 années, ce souvenir du meilleur et du plus populaire de nos
comtes.

Dans une autre séance de l'Académie, il donnait lecture d'une notice historique sur notre
Hôtel-de-Ville, et il établissait l'existence de la
maison commune, avant sa translation sur la
localité actuelle, à la place de l'Annonerie-
Vieille, entre la rue de l'Official et celle de
Beauvezet. Quant à la construction de l'Hôtel-
de-Ville vers la partie supérieure de la rue des
Cordeliers, l'historien de la ville d'Aix, de Haitze,
prétend qu'elle avait eu lieu postérieurement à
l'invasion de Charles-Quint en 1536, mais elle
est d'une date plus ancienne et elle remonte au
quatorzième siècle, peu d'années après la réunion du bourg Saint-Sauveur à la ville comtale
en 1357. M. Roux-Alphéran justifiait son assertion par deux actes de 1408 et 1526 découverts
dans les archives du prieuré de Saint-Jean (22).

Notre confrère prenait part à la séance publique du 31 mai 1817 par la lecture d'une notice sur un ouvrage important et peu connu. Nous devons encore en mentionner sommairement le sujet.

M. Balthazard de Clapiers-Collongue, né à Aix le 10 mars 1737 et mort en janvier 1819, s'était occupé depuis son jeune âge d'un vaste répertoire par ordre alphabétique des actes de baptême, de mariage et de sépulture qui se trouvent dans les registres des quatre paroisses de cette ville, dans ceux d'environ vingt-cinq communautés religieuses d'hommes et de femmes qui existaient à Aix avant la Révolution, et dans les registres des sénéchaussées d'Aix, Arles et Marseille.

C'était là un immense travail, si l'on considère que les plus anciens de ces registres datent de l'année 1520 ; les recherches de M. de Clapiers lui avaient fourni plus de 150,000 articles contenus dans 14 vol. in-fol.

Tel était l'ouvrage dont M. Roux-Alphéran avait à rendre compte. Il en appréciait le mérite non-seulement sous le rapport généalogique, mais encore au point de vue de l'histoire et de la chronologie. Ainsi cette œuvre est d'une utilité incontestable pour rectifier une foule d'erreurs et pour réparer de nombreuses omissions échappées à nos biographes. L'ouvrage est dès-lors du domaine de l'histoire qui, sans l'exactitude, n'est qu'un nom. M. de Clapiers avait été uniquement guidé dans ses recherches par le plaisir d'être utile à ses compatriotes et il se plaisait à satisfaire avec autant d'obligeance que de désintéressement aux demandes nombreuses qui lui étaient adressées. Il avait même confié son répertoire à M. Roux-Alphéran qui le mit à profit pour rectifier plusieurs dates erronées concernant la naissance ou le décès de diverses illustrations provençales, telles que Honoré Bouche, Pitton et Tournefort (23). L'auteur du répertoire avait souvent promis à M. Roux-Alphéran, qu'après sa mort, son manuscrit deviendrait sa propriété : cependant le neveu et l'héritier de M. de Clapiers se refusait à remplir les intentions de son oncle à ce sujet, mais au décès de ce collatéral, le répertoire fut remis à M. Roux-Alphéran par son fils, petit-neveu de M. Balthazard de Clapiers, grâce à l'intervention d'un honorable magistrat, son tuteur.

Notre académicien participait encore à la séance publique du 18 juillet 1840 par une lecture intitulée : *Souvenirs de la rue de la Verrerie.* Il y excita vivement la curiosité par l'épisode de Louis de Vendôme duc de Mercœur et de la Belle du Canet (24).

En 1841, une commission spéciale fut nommée par M. le préfet et installée par le maire d'Aix le 26 janvier, dans le but de se livrer à des recherches archéologiques sur notre terri-toire. Peu de jours après les fouilles étaient entreprises aux environs de la ville : les travaux eurent une durée d'environ trois ans et le ré-sultat des découvertes fut consigné dans trois rapports publiés en 1841, 1843, 1844, et que rédigea M. Rouard, secrétaire de la commis-sion (25).

La place de M. Roux-Alphéran était marquée de droit parmi les membres de ce comité d'ar-chéologie. Il assistait assidûment aux séances sans y prendre la parole, trop convaincu, disait-il avec une apparente modestie, de l'importance des travaux de cette commission à laquelle nous devons la découverte de nombreux débris de colonnettes, de mosaïques, de poteries, etc. Toutefois, dans le *Mémorial* du 21 mai 1843, il signalait à l'attention de ses collègues « l'exhu-« mation d'un monument curieux dans l'église « de Saint-Jean-de-Malte et dont le rétablisse-« ment serait tout aussi intéressant que la dé-« couverte de tel ou tel fragment d'antiquité « arraché péniblement des entrailles de la terre « et qui bien souvent ne signifie que fort peu « de chose. » Rappelons en peu de mots ce qu'était ce monument : En 1311, un tombeau en pierre avait été élevé à frère Dragonet de Montdragon, célèbre pour avoir combattu vail-

lamment les infidèles dans la Terre-Sainte. Élu
grand prieur de Saint-Gilles en 1300, il avait
choisi pour sa résidence la commanderie d'Aix
et il y mourut le 22 janvier 1311. Le tombeau
surmonté de la statue en pierre du grand prieur
fut abattu en 1693, par le prieur Viany, et
remplacé par celui de la reine Béatrix de Provence. Cependant les principales pièces furent
conservées et déposées sous l'autel de la chapelle dédiée à cette dernière époque à saint
Martin et puis à sainte Magdeleine. La commission fit donc commencer les fouilles sous le
sol de cette chapelle. Bientôt des indications
plus précises, recueillies par M. Roux-Alphéran,
démontrèrent que là ne pouvaient se trouver les
débris du monument en question, mais bien
dans une autre chapelle, celle dédiée aujour-
d'hui à saint Roch, saint Sébastien et saint
Bernardin. La commission allait se livrer à de
nouvelles tentatives, quand ses travaux furent
interrompus et n'ont plus été repris (26).

Après cette esquisse des principaux traits qui
se détachent dans la carrière de M. Roux-Alphéran, nous devons rappeler sommairement les
ouvrages nombreux, fruits de ses veilles et de
ses patientes recherches, insérés dans les journaux de la localité ou imprimés à part. Si la
vie de l'homme de lettres est tout entière dans
ses écrits, jamais maxime ne reçut ici une plus

juste application. Les productions de notre confrère, toutes consacrées à l'histoire locale, respirent un pur patriotisme ; elles nous initient à une foule de détails pleins d'intérêt sur ses goûts, ses habitudes, ses affections : son âme s'y réfléchit dans sa noble simplicité.

Mais ce qui frappe surtout le lecteur, c'est un respect pour la vérité poussé jusqu'au scrupule, qui ne se dément jamais (27), et une solidité de croyance aux faits racontés par l'auteur qui semble rendre toute contradiction impossible. Les discussions orales convenaient peu au caractère de M. Roux-Alphéran, mais pour rétablir dans son exactitude toute assertion qu'il jugeait erronée, la presse était son véritable instrument et il l'employait avec une dextérité infatigable. Si quelquefois les armes dont il se sert pour combattre l'erreur sont quelque peu acérées, si à la vue d'un anachronisme avancé avec assurance, il n'est pas toujours maître de ses mouvements, lui qui a le grand art de puiser aux sources les plus authentiques ce qu'il raconte, il sait du moins établir une sage distinction entre l'homme et l'écrivain et il peut dire comme le poète :

« En blâmant ses écrits, ai-je d'un style affreux
« Distillé sur sa vie un venin dangereux? »

Quant à son talent d'historien, il ne faut pas

s'attendre à trouver chez M. Roux-Alphéran ni
cette profondeur de vues ni ces brillantes images
de nos grands écrivains. Ce qu'il paraît affec-
tionner avant tout, c'est le style simple du chroniqueur. Néanmoins une certaine hardiesse dans
la pensée et une concision de mots qui n'est
pas dépourvue d'énergie traduisent plus d'une
fois son sentiment. En général l'instruction de
M. Roux était plutôt étendue et variée que pro-
fonde. Mais sa vie de province eut cet avantage
de lui donner sur des questions spéciales une
justesse que des hommes d'un mérite plus distingué ne possèdent pas toujours au même degré.
La science a plus à instruire qu'à briller, et
notre auteur tenant pour vraie cette maxime
recherchait l'exactitude et la propriété de l'expression de préférence aux ornements du discours.

La série de ses publications s'ouvre en 1843
par un choix de lettres inédites de Voltaire à
Vauvenargues (28). M. Roux-Alphéran possédait
des manuscrits autographes de l'illustre moraliste, en vertu du don que lui en avait fait
madame de Clapiers après la mort de son oncle,
frère de Vauvenargues. M. Roux avait confié
ces manuscrits à un de ses amis qui les communiqua à M. Jay, éditeur du *Glaneur,* lors de
son séjour à Aix en 1842. Au moyen de cette
communication toute confidentielle, M. Jay crut

devoir insérer dans le *Glaneur* trois dialogues inédits de notre moraliste. Tout en se récriant contre cette indiscrétion, M. Roux fit imprimer les lettres inédites de Voltaire au nombre de douze. Plus tard, et en 1819, il remit à MM. Belin et Brière, avec le plus noble désintéressement, les autres autographes dont il était possesseur, et ils ont enrichi les dernières éditions des œuvres de notre célèbre compatriote.

En 1825, paraissaient les *Recherches biographiques sur Malherbe,* adressées à MM. les maire, adjoints et membres du conseil municipal de la ville de Caen (29). De plus amples notions sur le restaurateur de la poésie française et sur sa famille motivèrent une nouvelle édition de cet opuscule qui fut insérée dans le tome IV des *Mémoires de l'Académie d'Aix.* Quelques exemplaires en furent tirés à part en 1840. Les détails sur le poète normand y abondent, on y trouve le *fac-simile* de quatre signatures différentes de Malherbe, plusieurs extraits d'actes officiels et une instruction entièrement inédite de Malherbe à son fils. Enfin, comme appendice à cette œuvre, il publiait en novembre 1841 une épitaphe curieuse découverte dans un manuscrit de la bibliothèque du château de Tournefort, concernant le premier fils du poète, mort en bas-âge, et dont le grand prieur de France, Henri d'Angoulême, avait été parrain (30).

Notre ville d'Aix, centre de hautes études, n'avait aucun organe pour initier ses habitants à tout ce qui pouvait leur offrir quelque intérêt, à l'exception néanmoins d'une feuille hebdomadaire connue sous le nom de *Petites Affiches*, et consacrée exclusivement à des formalités de procédure. Au commencement de 1827, quelques jeunes gens sous le patronage d'hommes sérieux fondèrent l'*Observateur provençal* qui ne publia que 32 numéros et cessa de paraître le 28 avril 1828 ; il accueillait dans ses colonnes ce qui avait rapport aux nouvelles littéraires, au commerce, à l'industrie agricole et manufacturière, aux mœurs, usages et avis divers.

M. Roux-Alphéran avait enrichi cette publication éphémère de divers articles de bibliographie et d'érudition locale. Ici, il signalait un recueil de chartes en son pouvoir concernant Jean Martin, seigneur de Puyloubier, chancelier de Provence sous le roi René, pendant plus de 30 ans. Les nombreuses pièces de ce recueil sont relatives à cet honorable magistrat ou à quelques-uns de ses descendants et ne sont pas sans intérêt pour notre histoire (31).

Ailleurs, il insérait une notice sur le Tableau chronologique des syndics, puis consuls et assesseurs de la ville d'Aix, et dont nous avons déjà eu occasion de parler (32). On sait que la rédaction de ce recueil précieux avait été confiée à M. J. B. Roux, peu d'années avant la Révolution.

Plus loin, il relevait de nombreuses inexactitudes géographiques et statistiques dans l'*Atlas des départements de France*, publié par les frères Baudoin. Le département des Bouches-du-Rhône, formant le n° 12 de la collection, offrait surtout un vaste thème à ses critiques : omission de six communes dans notre arrondissement, plusieurs noms de villages altérés ou défigurés, erreurs graves en matière d'administration, celle notamment qui établissait la Cour à Marseille, nulle mention, pour la ville d'Aix, de ces hommes célèbres auxquels elle se glorifie d'avoir donné le jour, Adanson, d'Argens, Tournefort, Vauvenargues, apparemment inconnus aux éditeurs, disait-il, mais heureusement que toute l'Europe les connaît (33).

Enfin, dans un autre numéro, il insérait une touchante notice sur le malheureux Joseph-Philippe-Camille de Clapiers, notre compatriote, fusillé à Aix le 16 janvier 1801, par jugement d'une commission militaire. Chef d'une de ces compagnies du Soleil qui, de 1795 à 1800 jouèrent un rôle dans nos contrées, le jeune Clapiers était accusé d'avoir ôté la vie à un républicain et il fut impitoyablement condamné, malgré ses allégations consistant à dire qu'il avait commis le meurtre en légitime défense. M. Roux-

Alphéran possédait le manuscrit autographe des poésies de M. de Clapiers. Une pièce de vers intitulée : *Mes Adieux*, et composée dans l'attente de la mort, complétait les détails biographiques (34).

Vers la fin de 1837, un imprimeur-libraire intelligent et actif fondait à Aix le *Mémorial* avec le concours de quelques personnes éclairées et d'amis de la cité. Le premier numéro de cette feuille parut le 18 novembre. Depuis lors, une régularité parfaite dans son mode de publicité ne s'est pas démentie une seule fois. Uniquement *littéraire*, à son début, cet organe de la presse locale est devenu *politique*, depuis un assez grand nombre d'années.

M. Roux-Alphéran contribua avec beaucoup d'ardeur à la fondation de cette feuille et ne cessa d'y apporter un concours aussi actif que désintéressé. Les sujets d'érudition, de critique et d'histoire se multipliaient sous sa plume. Il jetait en quelque sorte les fondements de son grand ouvrage des *Rues d'Aix*, qu'il devait publier en 1846 ; il vivait alors, depuis quelques années, dans une retraite laborieuse. Ce genre d'existence ne fut pas pour lui un chagrin, il l'avait toujours aimé et il y trouvait le bonheur dans le culte des affections du foyer domestique. Tout son temps était consacré à ses chères études, et le public accueillait avec empressement chaque

numéro du journal renfermant un article signé
de notre savant écrivain.

Je n'entreprendrai point d'énumérer tant de
riches productions. Quel est celui d'ailleurs qui
ne les a connues et appréciées? Indépendamment
des articles consacrés aux diverses rues de notre
ville, que de détails biographiques sur des Provençaux dignes de mémoire : ces Gallaup-Chas-
teuil, famille de littérateurs estimables qui mérita
si bien de la république des lettres ; ce père
Régis, religieux Augustin, périssant sur l'écha-
faud révolutionnaire, après avoir refusé de nier
sa qualité de ministre de Jésus-Christ et préfé-
rant ainsi une mort glorieuse à une indigne
apostasie ; cet abbé de Tuffet, militaire distingué
dans son jeune âge, puis déposant son épée sur
l'autel de l'abbaye royale de Saint-Maurice, et
consacrant le reste de ses jours au culte du roi
des rois ; et ces nombreux prélats natifs d'Aix,
nommés depuis le Concordat de 1801, tous également recommandables par leurs vertus, leurs
connaissances et leur zèle à remplir les devoirs
de l'épiscopat (35).

Que de notions encore sur nos anciens usages,
sur des monuments et des vestiges peu connus
et auxquels se rattache néanmoins un souvenir !
Cette procession de saint Sébastien instituée par
le roi René et dont une violente sédition trou-
blait, en 1649, la pieuse marche ; cette élection

des consuls et assesseurs de la ville d'Aix, la
plus belle prérogative de la cité, et qui s'accom-
plissait avec des formes si propres à exciter la
curiosité de la génération actuelle ; ces cérémonies de la Fête-Dieu qui firent le charme de
nos pères et dont le rétablissement excitait na-
guère de si vives démonstrations de sympathie ;
et puis, en fait de souvenirs de l'art à une époque reculée, ce tombeau de Dragonet dont nous
avons déjà parlé ; cette crèche des Dominicains
dont divers personnages en pierres étaient ex-
humés dans ces derniers temps, et que nos
mères entouraient de leur vénération ; cette tour
d'Aygosi, située non loin de nos murs, rappelant
les souvenirs d'une famille féconde en syndics
et en consuls d'Aix, et dont un des membres
élevait, en 1470, un autel fort curieux dans le
couvent des Grands-Carmes et que l'on voit
aujourd'hui à notre église métropolitaine.

Que d'erreurs encore signalées par M. Roux-
Alphéran dans diverses publications ou articles
de journaux !

Le *Mémorial* avait ouvert ses colonnes à une
notice sur Gaufridi, curé des Accoules, et l'auteur faisait figurer la signature de Peiresc parmi
celles des juges qui condamnèrent ce malheureux prêtre. Or, l'illustre conseiller au parlement
d'Aix n'avait point concouru à l'arrêt et la mi-
nute ne mentionnait pas son nom parmi les

membres présents. Peiresc ne signait d'ailleurs
que du nom de *Fabry*, les décisions rendues
dans les affaires. dont il était rapporteur (36).

Un ouvrage de M. Alexandre Mazas, intitulé :
*La Provence et le Languedoc divisés en dépar-
tements,* avait paru contenir, aux yeux de M.
Roux, des anachrŏnismes et des assertions contraires à la vérité et que l'auteur mettait har-
diment sur le compte de notre écrivain. Ainsi,
entr'autres erreurs, la Provence ayant été réunie
à la Couronne par le testament de Charles du
Maine, en 1481, Louis XI serait venu en prendre
possession et il aurait fait à Aix un long séjour :
alors notre ville s'agrandissant aurait renfermé
dans sa nouvelle enceinte le bourg Saint-Sauveur... mais Louis XI n'était venu qu'une seule
fois en Provence, pendant l'année 1447, étant
encore dauphin, et le bourg Saint-Sauveur avait
été réuni à la ville comtale dès l'année 1357 (37).

Lors du Congrès des poètes provençaux tenu
à Aix, au mois d'août 1853, un journal du
Midi mentionnant les armoiries de notre ville
prétendait qu'elles lui avaient été concédées en
1432 par lettres-patentes de Charles VI, roi de
France (Charles VII et non Charles VI régnait
alors), tandis que ces lettres-patentes à la date
de 1431 émanaient de Louis III, roi de Naples,
comte souverain de Provence, qui seul avait le
droit de concéder et concéda en effet ces armoi-

ries. « Ducs de Normandie, de Bretagne ou de
« Bourgogne, s'écriait à ce sujet notre patriote
« provençal, comtes de Toulouse ou de Pro-
« vence et autres souverains qui avez pu laisser
« de grands souvenirs dans vos États, les his-
« toriens français actuels ne vous connaissent
« pas. C'est Paris, selon eux, qui a fait ou dû
« faire chez vous tout ce qui s'y est fait de bien
« et de beau (38). »

Il est un genre de compositions littéraires
dans lequel la fiction se mêle à la réalité avec
plus ou moins de vraisemblance. Cet amalgame
du vrai et du faux peut présenter pour l'avenir
des embarras et des inconvénients. Ainsi, faisait
observer M. Roux-Alphéran, supposez que les
critiques futurs puisent dans les romans historiques des notes peu exactes sur tel ou tel autre
sujet du domaine de l'histoire, quelle confusion
dans nos annales, que d'anachronismes, que
d'erreurs !

Le *Mémorial* des 4 et 7 janvier 1844 contenait
un petit roman anonyme intitulé : *La Tour Mer-
latade et le Château du Diable, chronique provençale du quinzième siècle*. Dans le numéro
suivant, M. Roux se livrait à un examen de cette
œuvre prétendue historique dont nous avons cru
reconnaître l'auteur, disait-il, tant à son style qui
n'est jamais très soigné, soit dit en passant, qu'aux
nombreuses notes qui sont de la plus exacte vé-

rité. Notre critique relevait certaines assertions hasardées avec trop d'assurance, des omissions essentielles et des évaluations évidemment contraires à l'exactitude. Il conseillait ensuite à l'auteur de renoncer à un genre nouveau pour lui et de s'en tenir désormais à l'histoire certaine et authentique, suivant le précepte :

« Rien n'est beau que le vrai, le vrai seul est aimable, »

or, le romancier anonyme n'était autre que M. Roux-Alphéran. Il avait cru qu'il serait piquant de réfuter lui-même son propre ouvrage et de signaler en parfaite connaissance de cause les abus d'un genre si peu conforme à ses goûts.

Rien n'échappait à son attention en fait de découverte locale. En 1845, M. le curé de la paroisse Sainte-Magdeleine faisant exécuter quelques ouvrages dans le chœur de son église, les travaux mirent en évidence le tombeau de Fr. André Abellon, religieux dominicain, mort en odeur de sainteté au milieu du quinzième siècle. Notre confrère annonça dans le *Mémorial* du 29 juin 1845 qu'il se proposait de réunir en quelques pages tout ce qui avait été écrit sur Abellon par nos anciens historiens, tels que Honoré Bouche, Pitton, de Haitze, le président de Saint-Vincens, etc., ainsi que divers documents inédits. Ce recueil fut en effet publié peu de jours après, avec une lithographie représentant la pierre tombale du religieux (39). Les documents inédits étaient extraits d'un manuscrit autographe du père Forrat, prieur du couvent des Dominicains d'Aix, et dont M. Roux était possesseur. A cette occasion, il mentionnait dans deux numéros successifs du journal, les principaux personnages distingués par leur savoir, leur naissance ou leurs fonctions, qui avaient reçu la sépulture dans la même église : c'étaient Pierre d'Allamanon, évêque de Sisteron ; Jacques de Cabrières de Concoz, archevêque d'Aix ; Jeanne de Lorraine, petite-fille du roi René ; le grand Peiresc, les Dupérier, les Décormis, les Brueys et bien d'autres encore. Enfin M. Roux complétait ces documents pleins d'intérêt par l'historique du couvent des Dominicains à Aix et de leur église (40).

Un des derniers articles de notre auteur dans la feuille aixoise concernait un portrait de Gervais de Beaumont, premier président au parlement de Provence. Ce portrait, œuvre de Finsonius, avait échappé miraculeusement à l'incendie allumé par les vandales, en août 1792, et qui dévora la collection de portraits des anciens membres du Parlement, peints par Finsonius, Fauchier et Mignard. Le portrait de Gervais de Beaumont, jadis au pouvoir des présidents de Saint-Vincens, venait d'être acquis par M. Roux dans une vente publique. Les souvenirs se ratta-

chant à cette œuvre artistique étaient suivis d'une
courte notice sur l'honorable magistrat qui occupa le siège de premier président de 1509 à
1529 (44).

Malgré tout le mérite des articles sur les rues
d'Aix, on peut dire qu'isolés les uns des autres
et disséminés dans un journal, ils n'offraient
pas le même intérêt qui se rattache essentielle-
ment à un corps d'ouvrage. Quelques amis de
l'auteur formaient le vœu de voir ces articles
réunis dans un ordre rationnel, propre à faciliter
les recherches et ils pressaient vivement notre
écrivain de se rendre à leurs désirs et d'élever
un monument à la gloire de notre ville. Cependant M. Roux-Alphéran paraissait hésiter, soit
par défiance de ses propres forces, soit pour un
tout autre motif. Il finit par se rendre à d'ins-
tantes sollicitations ; il traita pour l'impression
de son livre, avec un désintéressement bien rare
à notre époque, et les *Rues d'Aix* parurent de
1846 à 1848 en deux beaux volumes grand in-8ª
illustrés de gravures, lettres ornées, fleurons,
et enrichis de deux plans topographiques de la
ville telle qu'elle existait en 1481 et telle qu'on
la voit de nos jours.

Maintenant est-il nécessaire de nous étendre
longuement sur une publication entourée de tant
de sympathies, favorisée par de si nombreuses
souscriptions et dont la lecture devenue popu-

laire excite à chaque page, un vif intérêt par
tous les souvenirs du pays qu'elle réveille? Qui
n'a déjà remarqué avec quelle méthode l'auteur
parcourt les agrandissements successifs de notre
ville divisée en trois parties au moyen-âge, dont
une la ville comtale finit par réunir les deux
autres et ne cessa de se développer jusque vers
la fin du dix-huitième siècle? Qui n'a apprécié
avec quel à propos, sous le titre de chacune de
nos rues, se déroulent les grandes scènes de
nos annales provençales, les funestes expédi-
tions du connétable de Bourbon et de Charles-
Quint, les sanglantes guerres de religion, les
fureurs de la Ligue, les émeutes causées par la
résistance des *Cascaveoux* à des édits contraires
aux libertés du pays, les troubles du Semestre,
etc.; puis, à côté de ces récits dramatiques, que
de sujets divers et non moins dignes d'attention :
ces notices sur nos monuments, soit qu'ils sub-
sistent encore, soit qu'ils n'offrent plus que de
rares vestiges ; ces biographies concises mais
suffisantes de ces hommes qui ont honoré et
servi la patrie par leur bravoure, leur industrie
ou leur amour pour les sciences, les lettres et
les beaux-arts ; ces anecdotes piquantes et va-
riées ; ces réflexions qui sans doute peuvent être
contestées, mais dont le fond reproduit si bien
les opinions de l'auteur, et ces notions bibliogra-
graphiques sur les diverses éditions des œuvres

de nos écrivains provençaux, attestant qu'une branche importante de l'histoire littéraire était familière à notre chroniqueur.

Telles sont les principales qualités dont l'ensemble rend si attrayante la lecture des *Rues d'Aix*. Ajoutons les soins continuels de M. Roux à rectifier les idées trop légèrement conçues sur l'origine de la plupart de nos quartiers, à combattre les erreurs échappées à de Haitze, Pitton et autres. Sachons-lui gré surtout de consigner une foule de faits curieux, sans répéter, en se l'appropriant, ce qui est écrit ailleurs, sentiment de délicatesse dont ne se piquent pas toujours les auteurs.

M. Roux-Alphéran, nous l'avons dit, est le véritable type du chroniqueur. On ne peut pas le classer précisément au nombre des historiens qui justifient ce titre, en étudiant les ressorts secrets de la politique, les causes des évènements, leur influence plus ou moins directe sur la destinée des nations. Il s'agit simplement ici d'une histoire anecdotique et l'auteur bornant toute son ambition à ce rôle, s'est contenté de réunir avec sagacité, un grand nombre de matériaux épars dans les archives de la ville et de la Cour, dans celles des anciens corps religieux et dans de volumineux manuscrits. Il a ensuite appliqué à l'étude de ces divers textes son intelligence, l'esprit de critique, et il les a disposés avec une méthode parfaite. Cette œuvre de patience et de discernement lui a mérité la gloire de propager le développement des connaissances locales auprès de ses concitoyens, de raviver parmi eux l'esprit de patriotisme et de leur inspirer un profond intérêt pour tout ce qui a quelque rapport avec les annales du pays.

L'auteur des *Rues d'Aix* témoigne souvent les plus vifs regrets pour l'état de déchéance dans lequel notre ville est tombée, pour toutes les pertes qu'elle a éprouvées. Ses sympathies pour l'ancien ordre de choses politique et administratif se révèlent fréquemment, tantôt avec des expressions assez vives, quelquefois à l'aide d'une pointe ironique dirigée avec une bonhomie apparente, mais qui n'en atteint pas moins le but. Autres temps, autres mœurs. « Ce n'était, dit-il, « ni cordons, ni habits brodés, ni robes rouges « qu'ambitionnaient jadis nos consuls et asses- « seurs. Faire les affaires du pays qui les avait « honoré de sa confiance ; maintenir ses libertés « et ses franchises ; le défendre contre les entre- « prises toujours croissantes de l'autorité, voilà « quel était leur but, et leur récompense était « d'aller servir les pauvres dans un hôpital (42)! » Un peu plus loin, au sujet de la sonnerie de l'horloge : « Lorsque cette sonnerie est dérangée, « le peuple d'Aix dit en souriant : *Elle va comme* « *les affaires de la ville.* Ce dicton très ancien

« pouvait avoir quelque sel autrefois. Il n'en a
« plus du tout, depuis que nos intérêts com-
« munaux sont réglés à Paris, par des Gascons
« ou des Normands, bien mieux au fait que
« nous de ce qui convient à notre localité, de
« nos mœurs et de nos coutumes, des vœux et
« des besoins de nos habitants (43). » On le
voit, pareil au vieillard dont parle Boileau, et qui

« Toujours plaint le présent et vante le passé, »

M. Roux-Alphéran semble n'avoir d'admiration
que pour les siècles écoulés : mais gardons-nous
d'incriminer la conviction sincère d'un honnête
homme, provençal avant tout et dont le cœur
ne cessa de palpiter au souvenir de nos anciens
privilèges. Cependant, il faut le dire, louer d'une
manière exclusive et par esprit de système le
passé au préjudice du présent, ce ne serait point
là, en thèse générale, un acte de justice. On l'a
fait observer avec raison : 1789 n'est ni le sym-
bole de nos gloires ni le bouc émissaire de nos
fautes. Un esprit impartial saura toujours appré-
cier avec convenance, n'importe à quelle époque,
ce qui doit provoquer notre blâme ou justifier
nos éloges.

Enfin au mérite de la pensée toute patriotique
qui a inspiré l'ouvrage sur les *Rues d'Aix* se joint
celui d'une exécution typographique habilement
conduite. Peu de livres sont imprimés en pro-

vince avec autant de luxe. Quelques personnes auraient néanmoins fait cette observation : Les fleurons et les vignettes qui décorent les volumes attestent sans doute l'habileté du graveur, mais n'ajoutent rien au fond de l'ouvrage. En se montrant plus sobre de ces ornements, n'aurait-on pas pu enrichir les *Rues d'Aix* de quelques documents utiles et précieux, tels que nos *fastes consulaires*, qui en auraient été le digne complément (44)?

M. Roux était plus que septuagénaire quand son livre finissait de paraître, mais sa vigueur et son activité ne se ralentissaient point. Au mois de septembre 1850, eut lieu dans la ville de Salon, une de ces fêtes agricoles si multipliées de nos jours et dont nous n'avons point ici à faire ressortir les avantages. A cette occasion des discours officiels furent prononcés et les orateurs évoquèrent les souvenirs de l'illustre bailli de Suffren et de l'habile ingénieur Adam de Crapponne qu'ils considéraient le premier comme enfant de Salon et le second comme ayant reçu le jour dans cette même ville. Ces deux assertions parurent erronées à M. Roux-Alphéran : dans trois articles du *Mémorial* et puis réunis en brochure (45), il établissait que le bailli de Suffren, bien que né à Saint-Cannat, ne pouvait être considéré comme un enfant de Salon, alors qu'il appartenait à la ville d'Aix

par sa famille et par tous les souvenirs de la
maison paternelle. Quant à Crapponne, où
trouve-t-on la preuve décisive qu'il soit né à
Salon ; n'est-ce pas plutôt Montpellier qui a été
son berceau. C'est là que Guillaume, son père,
conduisit sa femme, peu de temps après son
mariage ; c'est là qu'il mourut. Dans le doute,
que l'on se borne à rappeler sur le monument
projeté à la mémoire de l'habile ingénieur, ses
immenses services envers la ville de Salon, sans
constater sur le marbre ou sur l'airain qu'il est
né en cette ville. Un honorable avocat du barreau d'Aix crut devoir revendiquer pour Salon
sa ville natale, l'honneur d'avoir donné naissance
à Crapponne : il combattit l'argumentation de
M. Roux dans deux articles recueillis par la
Gazette du Midi et plus tard dans une brochure (46). Il invoqua, à l'appui de sa thèse,
l'histoire contemporaine, la tradition, l'autorité
de César Nostradamus, les divers biographes,
cette circonstance surtout que Montpellier n'avait
jamais pu exhiber l'acte de naissance de Crapponne, malgré le parfait état de conservation de
ses archives, enfin le testament de l'illustre ingénieur dont toutes les pensées se dirigent pieusement vers la ville de Salon. Que conclure de
cette lutte entre le zèle pour le triomphe de
la vérité d'une part, et le patriotisme local de
l'autre ? Aujourd'hui, les hommes les plus éclairés

et les plus notables du département ont adopté
pour l'inscription du monument de Crapponne,
l'opinion qui lui assigne Salon pour le lieu de
sa naissance, et quand un tel sentiment est conforme à l'histoire et à la tradition, nous ne
croyons pas manquer à la mémoire de M. Roux-
Alphéran, en le présentant comme plus admis-
sible que celui qui fixe à Montpellier le berceau
du généreux bienfaiteur de nos contrées.

Les recueils manuscrits de notre académicien
contiennent de nombreuses indications toutes sur
divers sujets intéressant notre histoire locale :
Ce sont des notes chronologiques sur des personnages célèbres nés à Aix, des notices recueillies en 1807 sur les citoyens de notre ville alors
vivants qui se sont distingués par leur mérite
personnel ou dans les emplois civils, ecclésias-
tiques et militaires, des autographes, des inscriptions, les filiations de plusieurs maisons, des
épitaphes, des détails sur quelques sépultures
d'anciennes familles, avant les lettres-patentes
de Louis XVI qui prohibèrent les inhumations
dans les églises (47). Je m'arrêterai un instant
sur deux de ces travaux inédits : L'un est
relatif à des observations sur les prétendus mémoires de Geoffroy de Valbelle, traitant de la
guerre de Raymond de Turenne contre Louis II,
comte de Provence, aux années 1390 et suivantes. D'après notre habile critique, ces mé-

moires sont apocryphes et n'ont été imprimés que vers 1730 par Joseph David, à Aix, sous la fausse date de 1621 et l'indication non moins fautive d'Étienne David. Le président de Valbelle-Tourves était l'auteur de cette supposition conçue dans l'unique but de faire monter dans les carosses du roi, comme on disait alors, le baron de Valbelle-Meyrargues, son cousin et son gendre, seul espoir des diverses branches de la maison de Valbelle (48). Le second mémoire inédit que j'ai annoncé est une notice sur la montagne et l'ermitage de Sainte-Victoire que M. Roux-Alphéran parcourait, ainsi qu'il nous en instruit, le 30 septembre 1806. Qui a bâti l'ermitage et toutes ses dépendances? Telle était la principale question que se posait notre auteur. Les historiens de Provence sont muets à cet égard, et les habitants de Vauvenargues et autres localités voisines ne peuvent donner aucun renseignement. Toutefois un Carme déchaussé de la maison d'Aix, le seul de sa communauté encore existant à cette époque, affirma à M. Roux que c'étaient des religieux de son ordre qui avaient construit le monastère de Sainte-Victoire; il lui communiqua même le titre de la cession de l'ancien ermitage en 1677 (49); cette pièce avait été insérée en 1827, dans le numéro 28 de l'*Observateur provençal*, avec un extrait du récit de l'excursion de M. Roux-Alphéran à

Sainte-Victoire : le numéro 32 de l'*Observateur*
insérait une lettre de M. Porte dans laquelle cet
écrivain complétait l'histoire du couvent et établissait que lorsque les Carmes déchaussés eurent quitté l'habitation, ils furent remplacés par
des ermites ; qu'en 1681, les Camaldules occu-
pèrent l'ermitage et que de nouveaux ermites
succédèrent à ces religieux, quelques années
après.

Notre confrère passait habituellement, quelques mois de la belle saison, à sa propriété
dite *la Foraine,* au territoire de Cabriès : tout
à fait étranger aux sciences agricoles, ses travaux
ne changeaient point de nature, pendant son
séjour à la campagne. Là, il transcrivait des
manuscrits (50), il revoyait et mettait en ordre
ses publications. Dans une de ses promenades,
il eut la curiosité de vérifier une ancienne inscription qu'il savait exister dans le prieuré de
Saint-Pierre au Pin, dépendant de la maison de
campagne de M. le maréchal de camp Garavaque, située près de Calas. M. Roux-Alphéran
recueillit avec soin cette inscription et en adressa
une copie au général ainsi que de la traduction
qu'il en avait hasardée, disait-il. Ce monument
épigraphique dont les premières lignes n'existaient plus, se rapportait-il aux siècles païens
ou à l'ère chrétienne? Si les mots : *anima pia*
et *deo jubente* autorisaient la dernière opinion,

les expressions : *migravit ad astra* ne semblaient-elles pas justifier la première ? Sans se prononcer sur ce point, M. Roux-Alphéran se bornait dans sa lettre écrite au général en novembre 1833, à faire des vœux pour la conservation d'un monument qu'il serait fâcheux de voir détruire par son état d'abandon et que l'on préserverait de nouvelles ruptures en l'incrustant dans le mur de la chapelle où il avait dû être placé avant la Révolution. M. Roux reçut de M. Garavaque une réponse flatteuse, avec l'assurance que l'inscription serait remise à la place qu'elle occupait anciennement (51).

Toujours prêt à combattre l'erreur, il écrivait le 10 mars 1834, à MM. Fournier, imprimeurs-libraires à Paris, au sujet de leur publication intitulée : *Souvenirs de la marquise de Créquy* (52), et dont le premier volume venait de paraître. Aux yeux de M. Roux-Alphéran, ces mémoires étaient évidemment supposés et la preuve résultait surtout de la filiation maternelle du petit-fils de l'auteur des *Souvenirs*. En effet, suivant cette filiation, Marie-Anne-Thérèse Félix du Muy, belle-fille de la marquise de Créquy et mère de Tancrède-Raoul de Créquy auquel la marquise dédie son livre, serait la fille d'une Françoise de Chantal, Pauline-Delphine de Simiane ; or, c'est là un personnage purement chimérique, et dont l'auteur de cette filiation a eu besoin pour faire descendre Tancrède-Raoul, des Simiane, des Grignan, des Sévigné et des Frémiot de Chantal. Ce qui a causé l'erreur, c'est la possession de la terre de Grignan, qui avait passé par acquisition et non par mariage, dans la maison de Félix du Muy. On a cru que la mère de la dernière marquise de Créquy descendait des Simiane, des Grignan, des Sévigné, et on a bâti une généalogie là-dessus. M. Roux indiquait ensuite divers fragments des *Souvenirs* justifiant son assertion, et il ajoutait : Au fur et à mesure que les autres volumes seront publiés, je noterai, s'il y a lieu, les passages qui me paraîtront venir à l'appui de mon opinion. L'éditeur, disait-il en finissant, me ferait grand plaisir de me prouver que c'est moi qui me trompe et que le marquis du Muy avait épousé une Simiane. Peu de jours après, notre critique recevait une réponse *mystérieuse* (53). Tout en rendant hommage à la justesse de ses observations, on y indiquait le but que les éditeurs s'étaient surtout proposés, en publiant les *Souvenirs de la marquise de Créquy.*

M. Roux-Alphéran avait encore projeté diverses publications dignes du plus haut intérêt, mais que les circonstances ne lui permirent point de réaliser.

En 1829, il était devenu possesseur d'un manuscrit autographe de Charles-François Bouche,

ayant pour titre : *Annales historiques et raisonnées de la ville de Marseille, depuis 598 ans avant
J.-C. jusque vers la fin du dix-septième siècle,
contenant ce qui s'est passé de plus remarquable
dans l'administration, la législation et les mœurs
de la Provence ancienne et moderne.* M. Roux
eut l'intention de publier ce recueil assez volumineux et il crut devoir s'adresser à M. le maire
de Marseille, le 1ᵉʳ novembre 1829, pour lui
proposer l'acquisition de ce manuscrit, au nom
de la ville, pensant qu'il était de son devoir de
le lui offrir avant de le présenter à aucun imprimeur. Il ne réclamait que le titre de principal
éditeur de l'ouvrage et la concession de dix ou
douze exemplaires dont deux reliés, l'un pour
la Bibliothèque publique d'Aix, l'autre pour la
sienne.

Le maire de Marseille répondit à M. Roux-
Alphéran qu'avant tout il importait à son administration d'examiner si elle devait participer
plus ou moins directement à cette publication
et qu'il était nécessaire de vérifier dans quels
principes l'ouvrage était conçu. M. Roux adressa
son manuscrit à M. le maire, en le priant de
prendre toutes les précautions en son pouvoir
pour qu'il n'éprouvât aucun abus de confiance.
Après un mûr examen, les *Annales* de Bouche
furent renvoyées à leur propriétaire avec un
refus formel de les livrer à l'impression, motivé

notamment sur ce point que M. Bouche s'était souvent écarté du but véritable, en présentant sous tel aspect qu'il avait jugé convenable les évènements qu'il raconte et en se livrant à des réflexions philosophiques sujettes à controverse : dès-lors cette conséquence que l'administration municipale donnerait une sorte de sanction aux vues de l'auteur, si elle se chargeait d'imprimer son œuvre. M. Roux-Alphéran n'insista plus et les *Annales* de Bouche restèrent en portefeuille dans ses collections. Vers la même époque, un écrivain de mérite, M. Augustin Fabre, publia son *Histoire de Marseille.* Peut-être le succès qui accueillit cette œuvre recommandable empêcha-t-il M. Roux de donner suite à un projet de publication dont il se serait chargé lui seul. Quoi qu'il en soit, il est à regretter que la bibliographie provençale ne se soit pas enrichie de l'impression des *Annales* de Bouche. Sans doute, des digressions philosophiques plus ou moins bien amenées se font souvent remarquer dans les sujets traités par l'auteur ; mais Charles-François Bouche n'en mérite pas moins notre estime par la clarté de son style, et par le ton de franchise et de vérité qui règne dans ses productions (54).

Un autre travail dont M. Roux avait préparé tous les éléments était une *Notice sur l'église de Saint-Jean-de-Malte.* Grâce à l'obligeance de

Mme et de M. de Lalauzière, nous avons pu parcourir les nombreux matériaux que le consciencieux et patient écrivain avait amassés pour la rédaction d'un ouvrage si intéressant. Que de manuscrits et de mémoires consultés, que d'archives visitées dans le but d'imprimer à ce travail le cachet de la plus scrupuleuse exactitude! M. Roux-Alphéran avait mis à contribution les archives du grand prieuré de Saint-Gilles, de la commanderie et du prieuré de Saint-Jean, conservées à la préfecture de Marseille, plusieurs documents précieux sur le prieuré confiés par l'honorable notaire qui en gardait le dépôt, des extraits de quelques titres relatifs à l'église Saint-Jean, de l'écriture de Peiresc, les plans de l'enclos de Saint-Jean et du nouvel agrandissement de la ville d'Aix, enfin le manuscrit original d'un traité de la naissance de l'ordre de Saint-Jean-de-Jérusalem en 1099, et plusieurs règles et maximes tirées de l'ordre de Malte (55).

Divers particuliers avaient acquis aux enchères, le 1er mai 1798 (12 floréal an VI), l'église de Saint-Jean et la maison prieurale comme domaines nationaux, mais le tout fut vendu à la ville par acte du 29 janvier 1825, au prix de 40,000 francs. Lorsqu'en 1828 eut lieu le rétablissement du mausolée des comtes de Provence Alphonse II et Raymond Béranger IV, M. Roux crut que le moment était favorable pour la pu-

blication de son œuvre. Cependant un scrupule
assez singulier vint arrêter son projet. D'après
certains bruits parvenus jusqu'à lui, M. le préfet
de Villeneuve dans le discours qu'il prononça,
aurait bien moins songé à Alphonse et à Raymond Béranger qu'à Romée de Villeneuve, ministre de ce dernier prince, et à Hélion de Villeneuve, grand-maître de l'ordre de Saint-Jean-de-
Jérusalem, comptés l'un et l'autre au nombre des
ancêtres de l'orateur. Ne dira-t-on pas, pensait
M. Roux-Alphéran, qu'en publiant ma notice
j'aurais eu moi aussi bien moins en vue l'église
de Saint-Jean que les six personnages de la
famille de ma mère, les Alphéran dont je dois
faire mention dans mon travail (56)? Plusieurs
années après, un de nos confrères publia dans
le tome v des *Mémoires de l'Académie*, une
Notice historique et archéologique sur l'église de
Saint-Jean-de-Malte. M. Roux examina ce travail
dans ses détails les plus minutieux et le soumit
à une critique d'autant plus sévère qu'il était pro-
fondément versé dans la matière. Il crut découvrir des inexactitudes, des omissions et il les
signala au public, animé de ce sentiment que
les auteurs éprouvent quand leur amour-propre
est froissé. Il ne jugea pas à propos néanmoins
de publier le résultat de ses longues et patientes
recherches, ce qui à notre avis, eut été la meil-
leure réponse à opposer à son confrère. Mis en

présence des deux publications, le lecteur éclairé aurait décerné la palme à la plus digne de ses suffrages ; la lutte aurait été toute pacifique entre les deux combattants et le vainqueur en serait sorti sans acheter son triomphe par le moindre déchirement.

M. Roux-Alphéran avait encore extrait de la correspondance manuscrite de Décormis et Saurin, la partie historique et anecdotique formant un recueil curieux et que nous nous proposons de publier, disait-il, si Dieu nous prête vie (57). Ce projet n'eut pas de suite non plus. On sait que cette correspondance des deux jurisconsultes provençaux pendant la peste de 1720 à 1721, est à la bibliothèque d'Aix : elle roule principalement sur le droit civil, le droit canon et sur des sujets intéressants de critique, d'histoire et de littérature.

Enfin, M. le chevalier Miége, auteur d'une Histoire de Malte, fort estimée, avait enrichi son livre de plusieurs notions sur les monuments élevés à Malte par l'évêque Paul Alphéran et les diverses inscriptions qui existent encore dans cette île, notamment au cimetière du Goze. Là auraient été ensevelis plusieurs compagnons d'armes de Saint-Louis, après la seconde croisade en 1270. Sur la recommandation de M. Miége, un membre du conseil du gouvernement à Malte et le bibliothécaire de cette ville avaient

fourni à M. Roux les détails les plus étendus
et même de très beaux dessins touchant le cimetière du Goze. Ce devait être encore là le
sujet d'une publication d'autant plus intéressante
que le monument en question n'était presque
pas connu en France (58).

Une douce jouissance était réservée à M. Roux-
Alphéran pour les dernières années de sa vie.
En 1851, quelques jeunes gens conçurent la
pensée de rétablir les Jeux de la Fête-Dieu, interrompus depuis 1823. C'était là une idée émi-
nemment patriotique, en dehors de tout esprit
de parti, pareille à celle qui avait inspiré ces
fêtes populaires dont les villes d'Amiens, Bordeaux, Lille, Cambrai, Anvers et autres encore
avaient naguères été le théâtre. On sait avec quel
enthousiasme la population de notre cité accueillit
ce projet dont l'initiative doit être attribuée notamment à l'honorable M. Fenouillot de Falbaire,
aujourd'hui avocat près la Cour impériale d'Aix.
L'autorité municipale y donna l'adhésion la plus
complète, et pendant trois jours consécutifs une
affluence immense salua de ses acclamations le
retour des Jeux qui se déployèrent avec un éclat
et une magnificence dignes des anciens temps.

Appelé par d'unanimes suffrages à présider la
commission qui fut instituée à ce sujet (59),
M. Roux accepta ces fonctions avec empressement et s'en acquitta avec un zèle et une intelli-

gence qui ne se démentirent pas un seul instant. Heureux du rétablissement de ces fêtes qui
avaient charmé ses jeunes années et qu'il n'es-
pérait plus revoir, on eût dit que toutes ses
facultés prenaient une nouvelle animation. Nous
avons parcouru avec un vif intérêt un recueil
formé par ses soins et dans lequel il avait réuni
tous les documents, toutes les pièces concernant
la célébration de nos Jeux en 1851. Les nombreuses lettres d'adhésion émanées des personnes
les plus honorables, les diverses relations publiées à cette époque, la correspondance avec
notre municipalité, l'état des dépenses occasion-
nées par les Jeux, rien n'avait été omis par le
digne président de la commission (60).

Cependant les années s'accumulaient sur la
tête de M. Roux-Alphéran. Sa modération, la
sérénité de son âme, une régularité parfaite dans
sa conduite, toutes ces qualités lui obtinrent le
privilège d'atteindre de longs jours et de les
remplir dans les purs exercices de l'intelligence.
Les effets de l'âge se remarquaient d'une manière peu sensible quant aux facultés intellectuelles, mais le corps s'affaiblissait et si la pensée
demeurait intacte, si le jugement conservait sa
plénitude, la famille et les nombreux amis de
M. Roux craignaient d'entrevoir dans un avenir
peu éloigné le terme fatal où la nature devrait
succomber.

Bientôt ses infirmités lui prescrivirent une retraite absolue. M. Roux-Alphéran ne quittait son domicile que pour se faire conduire à l'église de Saint-Jean, sa paroisse, à l'effet d'y accomplir ses devoirs religieux. Plein de piété et de résignation, il attendait avec un calme parfait le moment marqué par la Providence pour le terme de ses jours.

Ce vénérable vieillard éprouvait les plus douces consolations, au milieu de tous les témoignages d'affection et de dévouement dont il était entouré. Son cabinet d'études où il avait réuni tant de trésors littéraires, tant de précieuses collections, charmait les longues heures de la retraite (61); il y puisait sans cesse d'utiles et agréables distractions. Toujours chez lui le même dévouement, toujours la même complaisance, toujours le même empressement à être utile à ceux qui recouraient à ses lumières et à son expérience. En fait d'histoire locale et de date, le nom de M. Roux-Alphéran formait à lui seul une autorité (62). A mon âge, disait-il quelquefois, je ne puis plus rien apprendre, mais il m'est doux de vivre de souvenirs, et il ajoutait en souriant : *ament meminisse periti.*

Vers la fin de 1857, ses forces s'affaiblirent d'une manière encore plus sensible et sa mémoire si prompte et si sûre jusques alors ne parut plus vouloir correspondre aux efforts de sa volonté. Malgré les soins dont il était entouré, les atteintes d'un catarrhe pulmonaire se manifestèrent d'une manière imprévue et son état de débilité ne put lutter contre un mal devant lequel les secours de l'art furent impuissants. Après avoir réclamé les consolations de la religion qu'il reçut avec une édifiante piété, M. Roux-Alphéran bénit sa famille, donna un dernier adieu à tout ce qu'il avait aimé et s'éteignit doucement le 8 février 1858, à l'âge de quatre-vingt-un ans un mois et dix jours. Un concours nombreux composé des diverses classes de la société accompagna sa dépouille mortelle et témoigna par son recueillement combien étaient profonds les regrets que cette perte excitait dans tous les cœurs.

Cet ami si dévoué du pays a voulu faire jouir le public, après sa mort, des richesses inédites dont il avait formé une précieuse collection. Quoiqu'il n'ait pas consigné ses intentions à cet égard par une disposition testamentaire, on savait à Aix depuis fort longtemps que M. Roux devait enrichir de ses manuscrits la Bibliothèque de la ville. Non-seulement il avait annoncé sa volonté à ce sujet aux personnes qu'il honorait de sa confiance, mais quelques-uns de ses recueils renferment une note de sa main qui ne laisse plus le moindre doute. On lit, en tête du cartulaire de Jean Martin, sous la date du 1er no-

vembre 1826 : « Ce recueil sera une des pièces
« les plus curieuses de mon cabinet, et pour en
« assurer la conservation dans la ville d'Aix, je
« désire qu'après moi il soit déposé à la Biblio-
« thèque publique dite de Méjanes de cette ville
« pour y demeurer sous la garde de MM. les
« bibliothécaires aux soins desquels il n'est pas
« besoin de le recommander. » On lit encore
les lignes suivantes dans une autre collection
de chartes, diplômes et autres documents : « Je
« déclare qu'aucune des pièces qui composent
« ce recueil ne provient des dépôts publics qui
« m'ont été confiés. Plusieurs m'ont été données
« par des personnes qui connaissaient mon goût
« pour les collections de ce genre ; j'ai acquis
« les autres soit des relieurs, soit des fripiers,
« soit enfin des bouquinistes chez lesquels vien-
« nent finir tous les jours, les vieux titres et
« papiers des anciennes familles : au surplus
« mon intention est qu'après moi ce recueil soit
« déposé avec mes autres manuscrits à la Biblio-
« thèque publique de cette ville d'Aix. »

Enfin Mme et M. de Lalauzière ont loyalement
adhéré aux volontés de M. Roux par leur déclaration du 10 avril 1858, dont nous insérons ici
cette clause principale :

« Nous déclarons que feu M. Roux-Alphéran,
« notre père et beau-père, est décédé à Aix,
« *intestat*, et que bien avant sa mort il nous a

« fait connaître verbalement les intentions sui-
« vantes :

« Je donne à la Bibliothèque de la ville d'Aix
« les divers manuscrits faisant partie de la
« mienne, originaux ou copies, excepté les ori-
« ginaux qui sont de l'écriture de mon père ou
« de la mienne, ensemble un recueil de portraits
« gravés de Provençaux célèbres... mes cartes
« héraldiques, mes recueils de chartes, titres et
« diplômes anciens, enfin mon recueil aussi
« étendu que j'ai pu le faire de tous les impri-
« més en placard ou en pages des actes admi-
« nistratifs ou judiciaires qui ont paru dans Aix
« ou le département, depuis le commencement
« de la Révolution (63). »

Les honorables héritiers ont bien voulu augmenter ce don de plusieurs volumes écrits de la
main de M. Roux-Alphéran. Le tout forme une
série de 71 articles (64). Ces documents précieux
seront conservés avec soin dans le riche dépôt
qu'ils sont venus accroître et le vœu du donateur sera fidèlement observé. Ce legs perpétue-
rait, s'il en était besoin, le souvenir de M. Roux
dans le cœur de tous les amis du pays, mieux
que ces lignes, témoignage bien incomplet de
respect et de reconnaissance.

M. Roux-Alphéran avait une de ces physio-
nomies particulières qui s'impriment dans l'esprit et y restent gravées. Ses traits présentaient

un mélange de finesse et de bonté (65) ; mais ses qualités rendront surtout sa mémoire impérissable et sa vie nous offre plus d'une circonstance fertile en enseignements. Peu d'hommes conservèrent avec autant de foi la religion du souvenir et la fidélité des principes. Il était du nombre de ces rares écrivains qui aiment les lettres pour elles-mêmes, pour les nobles délassements et les consolations qu'elles procurent et non pour les avantages qui en résultent ni pour les ouvertures qu'elles donnent dans le monde et les affaires. Jamais la moindre idée d'ambition ne germa dans son esprit quoique d'éminents protecteurs dont quelques-uns furent ses amis d'enfance, lui eussent volontiers prêté un concours qu'il ne songeait point à solliciter. Nous savons toute l'étendue de son désintéressement pour ce qui concernait la publication de ses écrits. Jamais il n'eut l'idée d'en vouloir retirer le moindre profit. Quant à sa piété, elle était douce et tolérante ; il remplissait sans éclat et sans ostentation les préceptes de la religion, persuadé que ses bonnes œuvres et ses actes religieux n'échappaient point aux regards de celui qui lit au fond des cœurs.

Jamais un témoignage public d'encouragement ou de gratitude ne lui fut décerné pendant sa longue carrière : il est vrai qu'il ne demandait rien. Il était content de trouver dans ses études

une source abondante de joies intimes ; l'affection et le respect qu'on lui portait remplissaient
ses désirs. Toute distinction non accordée spontanément mais obtenue à l'aide de sollicitations
et de démarches, aurait perdu son véritable caractère à ses yeux.

Cependant des hommages ont été décernés à
sa mémoire par les dignes représentants de la
cité reconnaissante. Le Conseil municipal a décidé le 27 février 1858 que le portrait de notre
regrettable compatriote peint aux frais de la ville
serait placé à la Bibliothèque publique et que
pour perpétuer le nom d'un écrivain aussi érudit
que modeste et obligeant, la dénomination de
Roux-Alphéran serait donnée à la première rue
qui serait ouverte ; mais dans la séance du 17
mars suivant, le conseil modifiant ce dernier
point a été d'avis, sur la proposition de notre
honorable ami M. Henricy, que la rue Longue-
Saint-Jean où notre digne compatriote avait habité et où il est décédé devait être appelée rue
Roux-Alphéran (66). Un décret impérial, daté
de Plombières le 7 juillet 1858 a ratifié cette
délibération (67).

Noble et généreux ami du pays, votre nom
ainsi gravé sur la pierre dira à nos arrière-
neveux combien fut grand votre patriotisme ! Ne
compterez-vous point parmi nous quelque fidèle

imitateur, jaloux de continuer ces saines traditions dont vous fûtes l'interprête ; serait-ce au
dernier Provençal que nous apporterions nos
hommages et le tribut de notre reconnaissance ?

A Dieu ne plaise que j'augure si mal de la
génération présente. Aujourd'hui un mouvement
général entraîne les esprits vers les études historiques ; des écrivains laborieux, des intelligences
d'élite s'appliquent à rechercher des chartes et
des documents authentiques pour reconstituer
les annales du passé. Aujourd'hui notre sol natal
qui a produit tant d'hommes remarquables par
leurs talents et leur patriotisme ne saurait être
frappé de stérilité.

Puissent les continuateurs de l'œuvre de M.
Roux-Alphéran suivre un si parfait modèle,
puissent-ils unir au zèle et à l'amour de la
science, cet esprit d'exactitude, cette rare modestie, ce noble désintéressement, cette obligeance à l'épreuve, toutes les qualités en un mot
qui nous faisaient chérir notre vénéré confrère
et qui seront le sujet de nos regrets éternels !

NOTES ET PIÈCES JUSTIFICATIVES.

—

(1) Dans un de ses recueils de chartres, diplômes et autres pièces, mst. n° 6 de l'inventaire officiel, M. Roux-Alphéran a inséré trois copies extraites des registres de la paroisse Sainte-Magdeleine de la ville d'Aix, déposés soit au greffe du tribunal de première instance, soit au bureau de l'état-civil. Le premier extrait concerne la naissance et le baptême, à la date du 29 mai 1720, de Jean-Baptiste Roux. Le second se rapporte au mariage de J.-B. Roux avec demoiselle Magdeleine-Gabrielle d'Alphéran, 2 mai 1775. Le troisième extrait est l'acte de baptême de M. Roux-Alphéran. Nous croyons devoir le consigner ici :

« François-Ambroise-Thomas Roux, fils de M. Mre Jean-
« Baptiste Roux, avocat en la Cour, et de dame Magdeleine-
« Gabrielle d'Alphéran, son épouse, né hier, a été baptisé
« cejourd'hui, 30 décembre 1776, par nous vicaire soussigné.
« Le parrain a été M. François d'Alphéran, son ayeul mater-
« nel, et la marraine demoiselle Françoise-Amable-Elisabeth
« Roux. Signé qui a su avec nous. Signé Roux, Alphéran
« et Cartié, vicaire, à l'original. »

(2) Une copie de ce brevet est consignée dans le Recueil des mémoires et pièces sur la Provence, feuillet 50, n° 62 de l'inventaire et du catalogue, avec cette note de M. Roux-Alphéran à la table du recueil :

« Balthazard Roux, frère de Dominique-Gaspard Roux,

« mon bizayeul, étoit né à Aix le 18 décembre 1643. Il étoit
« le septième et l'avant-dernier fils de Melchior Roux et de
« Christine d'Yse, sa femme. »

(3) Le *Livre-Roux* est intitulé : Inventaire général des
registres, papiers et livres des archives et bibliothèque de la
communauté de cette ville d'Aix, commencé ensuite de la délibération du 4 février 1760, fini le 21 du mois de septembre
1761. 554 feuillets.

M. Emérigon, procureur au Parlement, avait été désigné
par les consuls et assesseur pour être le collaborateur de
M. Roux.

Dans l'avant-propos de l'ouvrage signé *Roux*, et daté du
10 octobre 1761, l'auteur expose toutes les difficultés du travail qui avait été confié aux deux commissaires : « Nous
« savions, dit-il, que le dernier inventaire remontait à 1677
« et qu'il était contenu dans un registre intitulé : *Saint-*
« *Augustin*. Nous avons requis le sieur Alphéran, greffier,
« de nous le représenter. Quant aux registres, ils étaient tous
« dans le désordre, et il existait une grande quantité de pa-
« piers entassés les uns sur les autres. Nous étions seuls
« autour de cette montagne inaccessible que formaient tant
« de paperasses, sans connaissance aucune des affaires de la
« communauté. Quelle ressource pouvions-nous donc avoir
« que de nous résigner à la Providence, et après nous être
« recommandés à nos saints patrons, d'attaquer tête baissée
« ces tas effroyables de papiers dont le nombre nous fait
« encore trembler. »

Les matières furent distribuées en 24 tablettes différentes,
sur la porte desquelles fut placée une inscription annonçant
leur contenu. Il y était question des comptes tutélaires, des
délibérations du conseil, du bureau de police, des comptes
de capitation, des censives, des eaux et fontaines, etc.

(4) Le premier volume contient une dédicace à MM. Jean-Nicolas de Raphëlis d'Agoult, marquis de Rognes, Pierre Bonet, avocat, assesseur; J.-B. Augustin de Moricaud, écuyer, André Rostolan, consuls et assesseur d'Aix. La dédicace est signée Roux.

Le dictionnaire des délibérations est précédé d'une préface et d'un avertissement.

(5) Ce curieux volume, conservé par les héritiers de M. Roux-Alphéran, a pour titre :

Mémoires pour servir au cérémonial de la ville et à quelques affaires d'intérêt et de police d'icelle, par M. J.-B. Roux, du 15 octobre 1773 au 24 février 1790, in-4°. L'ouvrage est divisé en 10 cahiers avec une table à chacun d'eux.

On y trouve plusieurs détails très-piquants sur nos anciens usages, notamment sur des questions de préséance aux cérémonies religieuses ou civiles. L'auteur, très-attaché aux prérogatives de sa charge de greffier de l'Hôtel-de-Ville, exprime sa pensée en toute liberté quand il signale certains abus. On peut dire que le *Cérémonial* est la reproduction fidèle des sentiments les plus intimes de M. J.-B. Roux. On nous permettra de signaler quelques extraits de ce manuscrit :

« 24 décembre 1773, veille de la Noël, reçu une tarte et 2 « boëtes de confiture que la ville distribue en ce jour à chacun « des greffiers élus. La tarte est de 2 liv. 8 s. Les 2 boëtes de « confiture doivent peser 2 livres 1/2 chacune. »

8 juin 1774, fête de Saint-Maximin, messe à Saint-Sauveur, à laquelle assistaient les consuls :

« Messieurs les chanoines sont bien vains; ils rendent le « salut aux consuls quand ils entrent dans le chœur, mais je « me suis bien souvent aperçu que lorsqu'ils sont assis, ils se « mettent debout pour leur rendre le salut, mais ils affectent « de se rasseoir bientôt et ne prennent pas garde si nous les

« saluons, car jamais ils n'ont rendu à nous le salut ; j'ai vu
« ça bien exactement de l'archidiacre et du sacristain. Ce sa-
« cristain même, qui est là vis-à-vis, n'a jamais daigné nous
« regarder ; cela est bien petit. Il est vrai qu'un chanoine
« d'Aix rendre une politesse à des greffiers de l'Hôtel-de-
« Ville, oh ! cela le dérogerait ! »

Voici encore deux autres boutades de M. J.-B. Roux :

« L'usage ou le réglement qui est ancien porte que la veille
« de la Noël il sera distribué une tarte et une bouteille d'hi-
« pocras à chacun des consuls et officiers, et autant à chacun
« des consuls élus et officiers. Comme en ce temps-là on
« élisait des consuls tous les ans, ce réglement s'exécutait
« à juste titre ; mais les consuls étant confirmés ordinaire-
« ment depuis longues années, qu'est-il arrivé ? C'est que
« quelqu'un de ces consuls confirmés ou quelque greffier,
« pour leur faire la cour, aura dit : les consuls confirmés, il
« leur faut la tarte des consuls qui entreroient s'ils n'avoient
« pas été confirmés, et celle qui leur est due comme consuls ;
« et voilà l'origine de la double tarte. L'hipocras fut changé
« ensuite en deux boëtes de confiture, et de là il y en a quatre.
« Même abus pour le trésorier et le greffier. Voilà un exemple
« comment vont les affaires de la ville. Si quelqu'un me di-
« soit : quoi, vous le voyez et vous laissez faire, je lui répon-
« drois qu'il s'approche et je lui dirai le pourquoi à l'oreille.»

« 22 mars 1775. Dans le commencement du chaperon,
« les consuls sont pleins de zèle : il faut faire, il faut dire,
« et effectivement ils disent beaucoup, font quelque chose et
« bientôt ne font plus rien. »

A la date du 30 juin 1777, on trouve des détails très cir-
constanciés sur le séjour à Aix de Monsieur, frère du Roi.
M. Roux-Alphéran a écrit en marge cette particularité : « A
« l'audition de la messe à Saint-Sauveur, on masqua par
« une tapisserie le mausolée d'Hubert Garde de Vins, qui

« étoit dans le chœur de l'église, sans doute pour ôter au
« prince la vue de ce fameux chef de la ligue en Provence. »

Enfin on lit à la date du 21 février 1790 : « Anéantisse-
« ment total de l'ancienne municipalité par l'installation du
« maire, des officiers municipaux et des notables. »

Et à la date du 24 de ce même mois : « Mon employ a été
« cassé par l'esprit de parti qui dominoit dans le conseil. »

(6) Ce manuscrit, format in-4° de 1593 pages, est précédé
d'un avertissement dans lequel on lit entr'autres observations :
« Voici quelques notes tirées des archives de la commu-
« nauté que nous restituons au public comme un bien lui
« appartenant. Le lecteur jugera si les habitants ne s'y ins-
« truiront pas de leurs droits et de leurs devoirs, et les admi-
« nistrateurs des moyens de conserver les uns et faire observer
« les autres..... Nous n'avons voulu arranger que quelques
« faits confusément épars dans les parchemins de la commu-
« nauté dont le conseil municipal a bien voulu nous confier
« la garde. »

Suit un avant-propos contenant un abrégé historique de la
ville d'Aix, à la fin duquel nous lisons ce qui suit :
« Comme les documents qui contiennent les noms des syn-
« dics et consuls de la ville d'Aix ne commencent dans les
« archives de la communauté qu'en 1245, année de la mort
« de Raimond Béranger V, nous n'avons pu remonter plus
« haut pour leur chronologie, dans laquelle nous avons in-
« séré tout ce que nous avons cru pouvoir intéresser le lec-
« teur, et nous avons battu les buissons pour procurer des
« matériaux qui pussent un jour servir à la confection d'une
« partie de l'histoire d'Aix. »

Les divers faits relatés dans ce volume intéressant se rapportent tour à tour aux agrandissements et alignements, à la
fondation de divers couvents, aux bornes du terroir, aux

cours et tribunaux de justice, aux divers produits du pays,
à l'érection de diverses paroisses, à des réglements municipaux, etc. Il y a, en outre, plusieurs anecdotes intéressantes
pour la localité. Ainsi :

En 1470, première représentation de la procession de la
Fête-Dieu, telle à peu près que nous la voyons aujourd'hui
la veille et le jour. Le roi y attache une foire nouvelle de six
jours, et joint par là une institution politique à une cérémonie
religieuse. Les personnages et les jeux de cette fête, fait observer M. Roux, paroîtraient moins bizarres à certains yeux
modernes, s'ils pouvoient voir qu'ils sont calqués sur les
usages de ce temps-là.

Le 8 octobre 1531, le conseil général de la communauté
délibère de réunir tous les hôpitaux de la ville à l'hôpital Saint-
Jacques. Le premier consul finit la proposition qu'il en fait en
latin au conseil par ces paroles remarquables : *Super quo
opinabuntur dominationes vestræ.*

D'après une délibération du 1er juin 1608, il paraît que
l'après-dîné de la Fête-Dieu, les écoliers du collége repré-
sentaient quelquefois la comédie à la place des Prêcheurs
pour augmenter le spectacle du jour, amuser le public et remplir le vide de la journée. Le conseil accorde à cet effet aux
régents du collége 60 livres pour la représentation de cette
année.

Parmi les officiers ou préposés que le conseil avait coutume
d'élire pendant le seizième siècle, nous signalerons les suivants :

*Tractatores pacis; regardatores plateæ; estimatores,
regardatores coriorum et candellarum; alialatores mesu-
rarum et ponderum; gubernatores ludi, custos artilla-
riæ; gubernator horologii.*

Voici encore quelques réflexions de notre auteur au sujet
de la peste de 1720 à 1721 :

« On peut remarquer que dans 500 ans, la peste a mois-
« sonné de sa cruelle faulx plus de vingt fois les citoyens de
« cette ville. Toujours est-il étonnant que lorsque ce fléau de
« l'humanité se faisoit sentir, la police n'ordonna presque que
« des prières et des processions, et qu'ensuite de ces res-
« sources toujours nécessaires et indispensables dans la durée
« du mal, elle ne prit pas cependant des précautions effi-
« caces, comme on a fait depuis 1720, pour se préserver à
« l'avenir de ses mortelles atteintes. »

(V. au surplus sur ce manuscrit l'article de M. Roux-Alphéran, inséré dans l'*Observateur Provençal* du 21 février
1827.)

(7) MM. Heirieis père, avocat, et Robaud, chef de bureau
à la mairie.

(8) M. Roux-Alphéran consignait dans une sorte de livre
de raison ses affaires particulières. Nous y lisons au sujet de
son mariage :

« En février 1801, traité de mariage avec mademoiselle
« Marie-Anne-Antoinette Renoux, fille unique de M. Pierre-
« Melchior Renoux, négociant à Aix, et de demoiselle Anne-
« Thérèse Michel. Le lundi 16 mars (25 ventôse), mariage
« civil. Le mariage religieux a été célébré dans la maison de
« mon beau-père. »

(9) V. les *Rues d'Aix*, tom. 2, pag. 289 et suivantes.

(10) *Ibidem,* tom. 2, pag. 150.

(11) *Ibid.,* tom. 2, pag. 415, et Recueil mst. de mémoires
et pièces sur la Provence, n° 62.

(12) Recueil n° 62.

(13) Même Recueil et *Rues d'Aix*, tom. 2, pag. 415.

Cette inscription qui commence ainsi : *Aux mânes de mon bienfaiteur Jean-Baptiste-Florentin-Gabriel de Meyran, marquis de Lagoy*, etc., étant relatée dans les *Rues d'Aix*, tom. 2, pag. 415, nous ne la transcrivons pas ici. Je ferai remarquer seulement que les mots : *à la mémoire* auraient été mieux choisis que ceux *aux mânes*. Cette dernière expression appliquée à un chrétien me paraît un non-sens.

(14) C'est ainsi que le constate M. Roux-Alphéran dans les *Rues d'Aix*, tom. 2, pag. 294.

(15) Recueil de mémoires et pièces sur la Provence, mst. nº 62.

(16) « L'an 1821 et le 16 octobre, nous Louis-Jules-« François d'Estienne du Bourguet, maire d'Aix, chevalier « de la Légion-d'Honneur, avons procédé dans la salle des « séances de la mairie de l'Hôtel-de-Ville, à l'installation de « MM. Roux-Alphéran et Mouret, en qualité de membres du « conseil municipal.

« Avons ordonné à cet effet au secrétaire en chef de la « mairie de donner lecture de l'ordonnance du Roi du 19 « septembre 1821, dont la teneur suit, etc. »
(Extrait des délibérations du conseil municipal de la ville d'Aix.)

(17) *Rues d'Aix*, tom. 1, pag. 525.

(18) Voici quelques faits extraits de ce manuscrit, qui pourront intéresser le lecteur :
9 mai 1790, première séance du Cercle patriotique d'Aix, dans une des chapelles des Jésuites au collége Bourbon. On

y comptait environ 200 personnes ; nous avons passé subi-
tement, disait le président en prononçant le discours d'ouverture, de l'état d'esclaves à celui d'hommes libres. Enfin le
patriotisme a renversé la tyrannie et a fait revivre les droits
de l'homme et du citoyen.

31 août 1792. Depuis quelques mois on promenoit par la
ville plusieurs femmes qui refusoient d'aller ouïr la messe des
prêtres assermentés, sur des ânes ou sur des charrettes, et
on les abreuvoit d'injures et même de coups. Plusieurs en
étoient dangereusement malades, d'autres en étoient mortes,
en sorte que par la crainte on étoit parvenu à faire aller tous
les citoyens, et surtout les femmes, aux églises assermentées.
Dans une adresse, suivie d'une délibération, la municipalité
exprime sa satisfaction de la réunion des opinions religieuses
catholiques, qu'il partage la joie publique, qu'il est alarmé
des excès dont plusieurs citoyens ont souillé leurs fêtes civiques, qu'on a exposé en spectacle au peuple des femmes sé-
duites par le crime des réfractaires, qu'on leur a infligé des
pénitences civiques capables de troubler la tranquillité publique, que ces excès rendent ceux qui les commettent respon-
sables de l'effroi, de la maladie, de la mort même des victimes ; invite les femmes égarées à aller aux églises et à y re-
connoître toujours le même Dieu et le même culte. Défend
très-expressément de promener qui que ce soit sur des ânes
ou sur des chars.

6 décembre 1792. Les administrateurs du département,
sortis de place le 28 novembre, rendent leur compte pardevant
les nouveaux. Voici en quels termes *mesurés* s'exprimait l'un
d'eux, au sujet du nouveau palais de justice d'Aix, dont la
construction était suspendue :

« 2 ou 3 ans avant sa mort, la magistrature féodale avoit
« fait commencer à Aix, aux frais des malheureuses victimes
« de ses continuelles injustices, une *maison* qu'elle déco-

« roit, ainsi que cela se pratiquoit, du nom pompeux de
« *palais*. De cet *antre* devoient sortir les arrêts qui établis-
« soient les droits de lods, les tasques, les redevances de
« toute nature qui forçoient le payement de la dîme, cet impôt
« volontaire dont nos crédules ayeux avaient bêtement chargé
« leurs propriétés, etc., etc. »

20 prairial an II. Détails sur la célébration de la fête à
l'Être suprême, qui avait été précédée d'une adresse de la
commune, par laquelle chaque citoyen est invité à y assister,
chaque père de famille à s'y présenter avec une branche de
chêne, chaque mère avec des bouquets de roses, chaque
jeune citoyenne avec des corbeilles de fleurs, chaque jeune
citoyen avec un sabre ou une épée dont il sera armé par son
père.

(19) Parmi les 750 pièces de ce Recueil, près de 400 sont
des copies entières d'actes de naissances, mariages, décès, de
testaments, provisions d'emplois et offices concernant l'état
civil de la famille Alphéran et le rang qu'elle a tenu à Aix ou
ailleurs pendant plus de trois siècles. Les autres pièces ne
sont ici que par notes et ne concernent d'ailleurs que les parents issus de la même souche, mais séparés de ceux d'Aix
depuis des siècles.

Dans le livre de raison ci-dessus mentionné, note 8,
M. Roux-Alphéran a établi dans tous ses détails l'arbre généalogique de sa famille maternelle. (V. aussi les *Rues d'Aix*,
tom. 2, pag. 349 et suivantes.)

Nous ajouterons qu'un Boniface Alphéran, avocat et secrétaire de l'Hôtel-de-Ville, avait rédigé vers le commencement
du dix-huitième siècle un *Recueil des principales cérémonies
et des difficultés qui se rencontrent dans les affaires jour-
nalières de l'hôtel de cette ville d'Aix*. L'auteur annonce
qu'il a dressé son recueil sur les mémoires de son aïeul, de

son père et de son frère. Une note de M. Roux-Alphéran, en
tête du registre, établit que six membres de la famille Alphéran ont exercé pendant 123 ans les fonctions de secrétaire de
l'Hôtel-de-Ville, depuis le 8 juin 1638 jusqu'au 28 novembre
1761, époque où François Alphéran se retira de cette charge.

Dans le recueil de Boniface Alphéran, les évènements s'ar-
rêtent à 1714 ; M. Roux-Alphéran a ajouté de sa main quelques notes sur des faits postérieurs. Voici deux ou trois
brièves citations de ce recueil de Boniface :

Baptêmes. Lorsque la ville fait la dépense des baptêmes
que MM. les consuls font au nom d'icelle, cette dépense con-
siste :

1° A un présent à l'accouchée d'une ou deux cantines
d'eau de senteur bien conditionnées.

2° De 12 petites fioles d'eau de naffe bien garnies de fa-
veurs rouges et jaunes.

3° A la dépense en argent qui suit :

21 livres au maître de musique, 14 livres aux violons,
3 livres au curé, 3 livres aux courriers du pays, etc.

4° A un présent de bougies à l'accouchée.

5° A un présent de confitures.

Le 22 octobre 1576, fut proposé au conseil de faire passer
une branche de la Durance au terroir d'Aix, et que la ville
fera adhérence à ceux qui feront le party.

Le 22 juin 1600, le sieur de Castelmon, médecin, se tenant
à Marseille, fut dans Aix pour faire la preuve des eaux
chaudes des Baigniers, lequel déclara qu'elles étaient natu-
relles à la fontaine de la Boucherie, prenant sa source audit
lieu ; il fut délibéré d'acheter la maison du sieur de Millaud
et d'en donner l'habitation audit sieur de Castelmon.

Quelques-uns des manuscrits que nous venons de signaler
mériteraient d'être imprimés, notamment le tableau chronologique des syndics et assesseurs, par J.-B. Roux. D'après ce

que dit M. Roux-Alphéran dans l'article de l'*Observateur Provençal*, la ville aurait eu anciennement l'intention de faire imprimer l'ouvrage à ses frais, et ce projet aurait eu une suite sans les évènements de 1789, qui changèrent la forme de notre administration municipale. M. Roux ajoute que ce projet pourrait être renouvelé si les finances de la commune ou le zèle des habitants le permettaient.

(20) Extrait des procès-verbaux des séances de l'Académie d'Aix. Séance du 14 juin 1840 :

« L'Académie reconnaît, au scrutin secret, que M. Roux-
« Alphéran que des causes particulières avaient éloigné mo-
« mentanément des travaux de la société, fait toujours partie
« de l'Académie, et décide, en conséquence, que son nom
« sera rétabli sur la liste des membres.

« Le président, signé Rouchon-Guigues ; le secrétaire
« annuel, signé Coquand. »

(21) V. à ce sujet l'article inséré dans le *Mémorial d'Aix* du 18 janvier 1857. En consacrant à cette époque quelques lignes rapidement écrites aux lettres du roi René, nous eûmes surtout pour but de signaler l'importance de l'acquisition faite par la ville, et de payer un juste tribut de reconnaissance à l'honorable M. Crozet de Marseille, qui se prêta avec beaucoup de zèle à faciliter l'achat du manuscrit des hoirs de M. le docteur Lautard.

(22) Je trouve dans le Recueil de pièces n° 67 du catalogue, cette note de M. Roux-Alphéran concernant une inscription derrière la plaque sur la porte de l'Hôtel-de-Ville :

En octobre 1807, M. de Fortis, maire d'Aix, a voulu faire rétablir sur la porte de l'Hôtel-de-Ville l'inscription : *Hôtel-*

de–Ville qu'on y voyait avant la révolution, et que depuis on avait effacée pour y substituer ces mots : *Maison Commune.*

A cet effet, on a déplacé l'ardoise où étaient ces mots, et j'ai vu que c'était encore là la même pierre que les consuls firent placer en 1656, qui mécontenta le public et qu'on se borna à retourner lorsque le conseil du 28 août 1659 ordonna qu'elle serait ôtée.

M. de Haitze, qui parle de ce fait dans son *Histoire d'Aix* m^{ste}, liv. 21, chap. 10, ne rapporte cependant pas cette inscription, et comme on l'a recouverte aujourd'hui pour la seconde fois, la voici telle que je l'ai copiée :

Consumpserat hanc basilicam tempus ædax, repararunt hanc injuriam temporis nob^{mi} coss. et assess. pat. procur. atq. ut vetustatem corrigerent, novam hanc ædem a fundamentis fecere. Novi apparent C. Mar. et C. Sext. fundatores urbis antiquæ et spectatores novæ : impositus utriq. Ludov. XIIII Gall. et Nav. Rex Christia^{mus} et invictis^{mus} repūtat reges præteritos et promit fu--turos. Posuerunt nob^{mi} D. D. D. D. Franc. de Brancas de Cerest, Ba. a. Villanova. Joan. Arelatanus de Monthault. Joseph DeDons. Henric. Colla. coss. et assess. pat. procur.

An. D^{ni} MDCLVI.

(23) Honoré Bouche est né à Aix le 27 mai 1599, quoique toutes les biographies placent sa naissance en 1598; ce même historien, mort à Aix le 15 mars 1671, fut enterré dans l'église des Grands-Carmes et non dans celle des Carmes déchaussés, comme le dit le dictionnaire connu sous le nom d'Achard.

Pitton, historien d'Aix, était né en cette ville le 18 décembre 1621, ce que n'ont jamais su les biographes qui ont parlé de lui.

Le célèbre Tournefort, que tous les biographes font naître

le 5 juin 1656, a été baptisé dans l'église St-Sauveur d'Aix, le 3 dudit mois de juin, et était né par conséquent au moins deux jours avant celui indiqué par tous les dictionnaires. Cette erreur avait du reste été rectifiée dans la gravure du portrait de ce savant botaniste, exécuté dans le temps, par les soins de M. de Beaulieu, membre de l'Académie d'Aix.

(24) V. les *Rues d'Aix,* tom. 1, pag. 199.

(25) Cette commission se composait à son origine de MM. Bernard, doyen de la Faculté de droit, président, de Robineau de Beaulieu, Icard, Rouchon-Guigues, Porte, Rouard, Mouan, Castellan, Roux-Alphéran, Gendarme de Bévotte, membres de l'Académie d'Aix, marquis de Lagoy, correspondant de l'Institut, et de Julienne, secrétaire de la Faculté de droit.

MM. Bernard et de Beaulieu furent remplacés, après leur mort, par MM. Bouteuil et Clérian.

(26) V. encore sur Dragonet de Mondragon les *Rues d'Aix,* tom. 2, pag. 302 et 320, et le troisième rapport de M. Rouard sur les fouilles d'antiquités faites à Aix en 1843 et 1844, pag. 19.

(27) Par suite de cet amour de l'exactitude et de la vérité, M. Roux-Alphéran avait confié, longtemps avant sa mort, une note au rédacteur en chef du *Mémorial d'Aix,* pour servir à l'article nécrologique que ce journal consacrerait sans doute à sa mémoire.

(28) Aix, Augustin Pontier. Voir l'avertissement de M. Roux, en tête de cette publication.

(29) Aix, 2 mai 1825, imprimerie d'Augustin Ponlier, in-8°, 28 pages.

(30) Voir aussi cet appendice dans le *Mémorial* du 28 novembre 1841. La deuxième édition des Recherches sur Malherbe contient 60 pages in-8°. Aix, imprimerie de Nicot et Aubin, 1840.

(31) V. à l'appendice le n° 18 du Catalogue.

(32) V. la note 6.

(33) *Observateur Provençal*, n° 18.

(34) *Ibidem*, n° 23.

(35) M. Roux-Alphéran avait eu le soin de faire imprimer à part la plupart de ces articles, tels que la procession de Saint-Sébastien, la notice sommaire des évêques natifs d'Aix nommés depuis le concordat de 1801, la notice biographique sur feu M. l'abbé de Tuffet, la Tour d'Aygosi, la Tour Mer-latade et le Château du Diable, etc.

(36) *Mémorial d'Aix* du 13 janvier 1838.

(37) *Ibidem*, n° du 6 mars 1853.

(38) *Ibidem*, n° du 8 janvier 1854.

(39) Notices sur André Abellon, religieux dominicain, mort en odeur de sainteté, à Aix, en 1450. Broch. in-8° de 16 pages. Aix, imprimerie d'Aubin.

(40) *Mémorial* des 29 juin et 10 juillet 1845.

(41) *Mémorial* du 2 juillet 1854.

(42) *Rues d'Aix*, tom. 1, pag. 101.

(43) *Ibidem*, tom. 1, p. 142.

(44) Quelques personnes ont encore fait l'observation que M. Roux-Alphéran ne parle presque pas des principaux cabinets de tableaux et de curiosités que possèdent des amateurs de notre ville, et que la description du Musée notamment, n'a point trouvé de place dans les *Rues d'Aix*. Quelque intéressants que soient ces sujets, il paraît qu'il n'entrait point dans les vues de notre auteur de s'y arrêter. « Nous préférons, « dit-il dans une note du tome 1ᵉʳ, page 527, rappeler les « choses passées dont les souvenirs s'éteignent chaque jour, « au plaisir de décrire ce qu'ont vu ou pu voir nos concì- « toyens. »

(45) *Adam de Crapponne et le bailli de Suffren*. Aix, Aubin, février 1854 ; brochure de 46 pages in-8°, en forme de lettres et suivie de pièces justificatives. Les lettres, au nombre de trois, sont à la date des 15, 29 décembre 1850 et 6 janvier 1851 ; elles furent insérées dans les numéros du *Mémorial* des 15, 22, 29 décembre 1850 et 12 janvier 1851.

(46) Les deux articles de M. J. Alphandéry furent publiés dans les numéros de la *Gazette du Midi* des 24 décembre 1850 et 4 janvier 1851, sous le titre de *Réponses*. La brochure de l'honorable avocat, intitulée *Adam de Crapponne*, parut en 1854. Aix, typographie des hoirs Aubin, in-8°, de 56 pages, avec pièces justificatives.

(47) M. Roux-Alphéran a signalé à cette occasion une prophétie de M. François Alphéran, son aïeul maternel, dont la famille avait anciennement sa sépulture dans l'église des Observantins, détruite depuis la révolution.

A la nouvelle de ces lettres-patentes du 15 mai 1776, enregistrées au parlement de Provence, le 26 novembre suivant, M. François Alphéran s'emporta jusqu'à dire *que le prince qui lui enlevoit la consolation de penser que ses cendres iraient se mêler à celles de ses pères, ne reposeroit pas lui-même, après sa mort, auprès de ses augustes ancêtres.* Effrayante prophétie, fait observer M. Roux, qui s'accomplit dans moins de dix-sept ans et à laquelle se rattachent de si douloureux souvenirs!

V. à ce sujet les *Rues d'Aix*, tom. 1, pag. 407, et pour plus de détails, le recueil des pièces sur la Provence n° 62 du Catalogue, feuillet 262. On y trouve les lettres-patentes de Louis XVI concernant cette défense des inhumations dans les églises.

(48) V. ces observations dans le recueil n° 62, feuillet 29.

(49) V. le recueil n° 67, où ce mémoire est inséré.

(50) Dans l'avertissement des mémoires d'Antoine de Félix, copiés sur le manuscrit original de l'auteur (V. au Catalogue le n° 58), M. Roux annonce qu'il s'est livré à cette copie, avec l'agrément de M. le marquis d'Albertas, dans le courant de l'année 1839, au domaine de la Foraine-Vieille que je possède, dit-il, dans le territoire de Cabriès, et où j'ai passé la plus grande partie de ladite année sans interruption, depuis les premiers jours du mois de mai jusqu'aux approches des fêtes de Noël.

Je tiens de la famille de M. Roux-Alphéran que pendant

son séjour à la campagne, il aimait à se placer sur un point
élevé, pendant quelques instants de la journée, en dirigeant
sa lunette sur la ville d'Aix, objet de ses affections.

(54) Voici cette inscription telle qu'elle est reproduite par
M. Roux dans le Recueil de pièces sur la Provence, n° 62,
feuillet 284. Suivant les indications de notre auteur, la pierre
a 32 pouces de hauteur à droite, 31 à gauche, et 21 pouces de
largeur. La pierre est cassée dans le haut et il manque une ou
plusieurs lignes de l'inscription :

. . . .

. . . .

AMISIS SE...MVS
ET CUPIT DIGNIS DIV SERVIRE
CINERIBVS
NOMEN DVLCE LeCTOR SI FORTE
DEFVNTAE REQVIRES
A CAPITE PER LITTERAS DE
ORSVM Et LEGENDo COGNoSCIS
TER DENoS VITAE AEV. HAM
DVXERAT ANNOS
CUM PIA IVBENTE DEO ANIMA
MIGRAVIT AD ASTRA
DIE V KAL NOVEMB.
MESSALA
V. C. CoNS.

M. le président de Saint-Vincens avait déjà signalé cette
inscription dans le tome 1er des *Mémoires de l'Académie
d'Aix,* publié en 1819, page 373. Tout en remplaçant les
deux premières lignes et le commencement de la troisième
qui n'existent plus, il trouvait le nom d'HELENA dans les premières lettres des six premières lignes de l'épitaphe.

Quelque ingénieux que soit ce système, il y a lieu de douter de son exactitude et M. Roux qui connaissait sans doute cette explication ne la mentionne pas.

Les mots *cognoscis*, *œv.* et *ham* sont évidemment pour *cognosces*, *heu* et *jam*.

Ce monument aurait plus de 1300 ans d'existence, le consulat de Messala correspondant à l'année 506 de J.-C.

Cette inscription est-elle chrétienne ou païenne? Dans un Mémoire sur quelques découvertes d'antiquités (tom. 1, page 194 des Mémoires de l'Académie d'Aix), M. de Saint-Vincens établit que les mots *Deo..... migravit ad astra* insérés dans une inscription qui ne porte ni le monogramme du Christ, ni aucune autre signe du christianisme, doivent être appliqués au système des néoplatoniciens ou des pythagoriciens. M. de Saint-Vincens mentionne à ce sujet notre inscription, que M. le chanoine Depérier lui avait communiquée vers la fin du dernier siècle, et qui se trouvait dans son prieuré du Pin (propriété du général Garavaque en 1833). Elle fut appliquée par l'abbé Depérier à une femme païenne; et M. l'abbé Barthélemy, ajoute M. de Saint-Vincens, que consultèrent M. l'abbé Depérier et mon père, confirma cette interprétation.

Je termine cette note par la réponse du général Garavaque conservée en original dans le recueil ci-dessus :

« Marseille, 10 novembre 1833.

« Monsieur, je m'empresse de répondre à la lettre que
« vous m'avez fait l'honneur de m'écrire et de vous remercier
« en même temps de l'envoi qui y était joint.

« Jusqu'à ce jour, je n'avais eu aucune traduction de l'ins-
« cription placée sur une pierre qui a été détachée il y a
« longtemps du mur où elle était incrustée. La cupidité des
« fermiers qui étaient alors à Saint Pierre au Pin est la seule

« cause de ce dégât, et je l'ai trouvée à la même place où
« vous l'avez vue. Je ne veux pas qu'elle sorte du lieu qui la
« renferme depuis tant de siècles, et je la ferai remettre à la
« place qu'elle occupait. Il avait été dit aux paysans qu'un
« trésor était caché sous cette pierre.

  « J'apprécie beaucoup, Monsieur, l'hommage que vous
« m'avez fait du résultat de vos recherches, et je vous prie
« de recevoir l'assurance, etc. »

(52) *Souvenirs de la marquise de Créquy*, 1710 à 1802.
Paris, Fournier jeune, 1834-1835, in-8°, 7 vol.

(53) V. la lettre de M. Roux-Alphéran et la réponse *mystérieuse* de l'éditeur dans le Recueil des pièces sur la Provence, n° 62, feuillet 311.

(54) V. à l'appendice le n° 38 du Catalogne.

(55) Toutes ces pièces sont renfermées dans un carton
assez volumineux et auraient pu former les éléments d'un volume in-8° de 400 pages environ. Nous exprimons ici le vœu
que quelque main habile coordonne un jour ces divers matériaux avec l'assentiment des héritiers de M. Roux, et enrichisse ainsi notre histoire locale d'une intéressante publication.

(56) J'ai puisé ces détails dans l'avant-propos de l'ouvrage
projeté et que M. Roux-Alphéran avait rédigé vers 1844, peu
avant l'époque où parut le travail de M. l'abbé Maurin, dans
le tome 5 des Mémoires de l'Académie d'Aix. L'annonce de
cette publication aurait paru déterminer M. Roux à livrer son
œuvre à l'impression, ainsi qu'il le dit dans sa préface. Cette
intention de sa part était aussi manifestée dans deux articles

du *Mémorial* des 10 avril et 17 décembre 1843. M. Roux-
Alphéran s'est borné à donner un court abrégé de son œuvre
dans les *Rues d'Aix*, tom. 2, pag. 295 et suiv., sans s'ex-
pliquer sur les motifs qui l'avaient empêché une seconde fois
d'exécuter son projet. Seulement il attribuait à des raisons
entièrement personnelles son irrésolution.

(57) V. les *Rues d'Aix*, tom. 1, pag. 494. Ces extraits de
M. Roux-Alphéran, enrichis de notes, sont insérés dans le
recueil de pièces n° 62, feuillet 156. On y trouve beaucoup de
détails sur le fléau qui ravageait une partie de la Provence en
1720, et une foule d'anecdotes piquantes dont plusieurs re-
montent au temps de la Ligue.

(58) *Rues d'Aix*, tom. 2, pag. 351. V. dans le recueil 67
du Catalogue, feuillet 289, une inscription du cimetière des
Français à Goze, tirée des Lettres sur la Sicile et sur l'île de
Malte, par M. le comte de Borch. Turin, 1782, 2 vol. in-8°.

(59) Le vice-président de cette commission était M. Fenouillot de Falbaire, et le secrétaire M. J.-B. Gaut.

(60) Nous signalerons parmi les lettres d'adhésion celles
de Mgr l'Evêque de Marseille, de MM. Meyronnet de Saint-
Marc, conseiller à la Cour de cassation, Siméon, G. de la
Boulie, Sauvaire-Barthélemy, Poujoulat, L. Reybaud, représentants des Bouches-du-Rhône.

Je ne résiste pas au plaisir de mentionner une lettre de M.
le comte Portalis, ami d'enfance de M. Roux, datée de Senlis
le 26 juillet 1851, et que je trouve dans ce recueil :

« Mon cher et ancien ami, il y a bien des jours que j'ai
« envie de t'écrire pour te féliciter de la restauration des jeux

« de la Fête-Dieu, et de la part que tu as prise à cette œuvre
« vraiment patriotique. Tous les enfants d'Aix ont senti bon-
« dir leur cœur à l'annonce de ce renouvellement des diver-
« tissements de notre vieille patrie provençale. La statue du
« bon roi René s'est vivement agitée sur son piédestal, comme
« si elle n'eût pas été de marbre, quand elle s'est vue en-
« tourée des petits-neveux de ses fidèles et loyaux sujets, qui
« rendaient à sa mémoire vénérée un si affectueux hommage.
« Quoi qu'on en dise, il vaut encore mieux être bon que
« grand, même pour la gloire.

« Je veux te remercier aussi du plaisir que tu m'as pro-
« curé : j'ai fait relier les *Rues d'Aix* d'une manière digne
« d'elles, et je les relis. Elles font mes délices. Je me re-
« trouve, les parcourant, côte à côte avec toi, depuis la plus
« étroite et la plus dégoûtante ruelle, jusqu'à notre belle place
« des Prêcheurs et notre magnifique Cours, ces nobles dé-
« bris de nos grandeurs passées. Je suis heureux alors et je
« sens vivement la force de ces liens qui nous attachent aux
« lieux qui nous virent naître, et nous font désirer avec pas-
« sion de les revoir dans notre vieillesse : *et dulcis moriens*
« *reminiscitur argos*. Je ne sais, mais il me semble que j'ai
« toujours été plus Provençal que Français, et encore à
« l'heure qu'il est. »

M. le comte Portalis témoignait ensuite le désir qu'il aurait de consulter les mémoires manuscrits de Charles de Grimaldi de Regusse, le premier de cette famille qui ait été
président à mortier au Parlement d'Aix. J'ai lu, dit-il, vers
la page 272 de ton premier volume que tu les avais dans ta
bibliothèque si précieuse pour notre histoire.

« Tu vois pour le coup, mon cher ami, que je n'ai rien à
« faire de bien important, et que très-mal satisfait du temps
» présent, je me reporte avec complaisance vers les souvenirs
« du temps passé. Un des plus doux est sans doute celui de

« ta bonne amitié et de ses douceurs. C'est un de mes plus
« agréables refuges.

« J'espère que ta santé va bien.

« Je me recommande à la mémoire de ton cœur, et je puis
« te promettre que le mien cessera de battre avant de t'ou-
« blier.

« Tout à toi, ton affectionné et vieil ami. »

Par suite du désir manifesté par M. Portalis, M. Roux-
Alphéran fit don à l'éminent magistrat du manuscrit autographe des mémoires de Regusse, qu'il tenait de M. le marquis
Charles de Grimaldi de Regusse, petit-fils du dernier président
de ce nom. (V. la note suivante.)

(61) M. Roux-Alphéran a laissé à ses héritiers, qui la con-
servent pieusement, une bibliothèque composée des principaux ouvrages sur la Provence, d'éditions de choix de nos
auteurs classiques, de relations de voyages, etc. Plus de vingt
recueils formés par ses soins contiennent de nombreuses notices relatives au pays, et on sait avec quel empressement il
recherchait toutes les publications de ce genre. L'honorable
M. de Lalauzière a réuni dans un volume in-4°, sous le titre
de *Mélanges,* diverses pièces manuscrites ou imprimées telles
que mémoires, lettres, relations, qu'il avait trouvées éparses
à la mort de son beau-père. Nous avons remarqué entr'autres
dans ce recueil :

Une relation du sac juridique de Bedouin, en mai 1794,
attribuée à l'abbé Durand, curé de ce lieu. On sait avec quelle
cruauté le représentant du peuple Maignet traita ce bourg,
situé au pied du mont Ventoux, et ses malheureux habitants,
coupables d'avoir enlevé un arbre de la liberté.

Une lettre de M. Roux-Alphéran, en date du 17 juin 1842,
à M. Berger de Xivrey, chargé de la publication des lettres
de Henri IV, dans la collection des documents inédits sur

l'histoire de France. M. Roux adressait à M. de Xivrey un exemplaire du *Mémorial d'Aix* de la veille, 16, dans lequel il avait inséré une missive de Henri IV à Louis de l'Évesque, gentilhomme provençal, attaché au parti du roi pendant la Ligue, pensant, écrivait-il au savant éditeur, qu'elle pourra figurer dans votre collection.

(V. le *Mémorial* du 16 juin 1842, et dans les documents inédits, le recueil des lettres missives de Henri IV, tom. 3, pag. 602.)

Une lettre de M. le comte Portalis à M. Roux-Alphéran, du 28 décembre 1857, datée des Pradeaux par le Beausset (Var). Notre illustre compatriote priait son ami de vouloir bien lui confier le quatrième volume de Papon, pour y lire les détails concernant les troubles occasionnés par l'établissement de la Chambre des requêtes et du Parlement-Semestre. « C'est la lecture des mémoires du marquis de Regusse, lui « disait-il, que je dois à ta munificence, qui m'a inspiré le « désir de voir ce qui se passait autour de lui durant ces « démêlés si longs. »

Les mémoires autographes de Regusse seront prochainement déposés, il y a lieu de l'espérer, dans la bibliothèque Méjanes : M. Rigaud, maire d'Aix, a bien voulu, pendant son séjour à Paris et sur mon initiative, intervenir auprès de M. Jules Portalis, son collègue au Corps législatif, pour l'engager à céder à notre ville le précieux manuscrit en question. M. Jules Portalis s'est rendu avec empressement aux désirs qui lui étaient manifestés. Il pense que les mémoires de Regusse se trouvent aux Pradeaux (Var), et à son premier voyage en Provence, il se fera un plaisir de les offrir au digne chef de la cité.

Parmi les objets d'art qui ornaient le cabinet de M. Roux-Alphéran et qu'il avait cédés quelque temps avant sa mort à Mᵐᵉ de Lalauzière, je signalerai :

Un médaillon de Puget, représentant M. Nicolas de Ranché, commissaire-général des galères de France, arrière grand-oncle de M. de Lalauzière. Ce chef-d'œuvre n'est jamais sorti de la famille de ce dernier.

Un tableau peint par le roi René, représentant l'adoration des mages à Bethléem, et que ce prince avait donné vers le milieu du quinzième siècle aux dames de Saint-Barthélemy. Cette précieuse peinture avait ensuite appartenu successivement au Père Pouillard, à M. Sallier, à M. Porte et à M. le chevalier Alexandre de Lestang-Parade, qui en fit présent à M. Roux-Alphéran. M. le comte de Quatrebarbes a fait lithographier ce charmant tableau dans sa belle édition des œuvres complètes du roi René, tom. 1er, pag. 44.

(V. les *Rues d'Aix*, tom. 2, pag. 241 et suiv.)

Un portrait de Rubens par Van-Dick, et que Rubens avait envoyé à Peiresc en 1629. Après la mort de Peiresc, il passa dans le cabinet des Borrilli et il appartenait en dernier lieu à M. Bermond, ancien conseiller, qui le légua à M. Roux-Alphéran.

(V. les *Rues d'Aix*, tom. 1, pag. 344, et les lettres inédites de Rubens publiées par M. Gachet en 1840, lettres que mentionne M. Roux-Alphéran, à l'endroit que nous venons de citer.)

Une ébauche de Fauchier, représentant le premier président Henri de Maynier-Forbin baron d'Oppède.

Un saint Sébastien attribué à Daret.

Une esquisse d'Hyacinthe Rigaud, représentant le marquis Boyer-d'Aiguilles, conseiller au Parlement, aïeul du marquis d'Argens.

Un tableau de Jean-Baptiste Vanloo, gracieuse composition où cet habile artiste s'est représenté lui-même peignant sa fille, entouré de sa femme et de ses trois fils.

(V. les *Rues d'Aix*, tom. 2, pag. 444.)

Les portraits de Gervais de Beaumont, premier président au Parlement d'Aix, du président Jacques Gaufridi, etc., etc.

(62) Plus d'une fois j'avais eu recours aux lumières de M. Roux-Alphéran pour mes modestes travaux, persuadé que je ne pouvais m'adresser à un guide plus sûr et plus exact; toujours sa complaisance à mon égard avait été sans bornes. Il daignait m'honorer de son amitié et prenait un vif intérêt à mes recherches. Il m'est doux de payer à sa mémoire vénérée ce juste tribut de ma reconnaissance, et je remercie en même temps mes honorables confrères de l'Académie de m'avoir désigné pour retracer la biographie de M. Roux. A défaut des qualités qui me manquent, j'ai apporté du moins à ce travail tout le dévoûment dont je puis disposer.

(63) Voici une copie de cette déclaration des honorables héritiers de M. Roux-Alphéran :

« Nous, soussignés, Françoise-Gabrielle Roux-Alphéran, sans profession, épouse de M. Adolphe-Marie-Jean-Baptiste Gautier de Lalauzière, propriétaire.

« Agissant en qualité de fille unique et seule héritière de droit de feu M. François-Ambroise-Thomas Roux-Alphéran, en son vivant ancien greffier en chef de la Cour impériale d'Aix, décédé à Aix le 8 février 1858.

« Et Adolphe-Marie-Jean-Baptiste Gautier de Lalauzière,

« Agissant soit pour autoriser mon épouse, soit concurramment et solidairement avec elle.

« Tous les deux domiciliés et demeurant à Aix, déclarons que feu M. Roux-Alphéran, notre père et beau-père, est décédé à Aix *ab intestat,* et que bien avant sa mort il nous a fait connaître verbalement les intentions suivantes :

« Je donne à la Bibliothèque de la ville d'Aix les divers
« manuscrits faisant partie de la mienne, originaux ou copies,
« excepté les originaux qui sont de l'écriture de mon père ou

« de la mienne, ensemble un recueil de portraits gravés de
« Provençaux célèbres autres que ceux qui sont encadrés
« sous verre, mes cartes héraldiques, mes recueils de char-
« tes, titres et diplômes anciens, enfin mon recueil auss
« étendu que j'ai pu le faire de tous les imprimés en placard
« ou en pages des actes administratifs ou judiciaires qui ont
« paru dans Aix ou le département, depuis le commencement
« de la révolution.

« Je désire que ces divers manuscrits, portraits, cartes,
« diplômes et imprimés demeurent invariablement dans la
« bibliothèque de la ville, en sorte que si jamais la bibliothè-
« que Méjanes en était détachée, les objets par moi donnés
« ne feraient nullement partie de celle-ci et ne cesseraient
« d'appartenir à celle de la ville.

« A l'effet de quoi j'exige qu'il soit dressé un inventaire
« sommaire à trois originaux des objets donnés, signé par
« le maire d'Aix, le bibliothécaire en chef, ma fille et mon
« gendre. »

« Nous reconnaissons sincère et véritable l'inventaire des
objets légués à la ville, au nombre de 74 articles, dressé par
M. Rouard, bibliothécaire et signé par ce dernier, par le
maire d'Aix, et par nous, lesquels objets ont déjà été déposés par nous à la bibliothèque de la ville.

« Nous regardons comme un devoir d'exécuter religieusement les intentions de notre père et beau-père, et nous donnons notre consentement le plus formel et le plus explicite à la
délivrance des objets donnés, quoique ce don n'ait pas été
fait par écrit.

« Enfin, nous déclarons que notre fortune personnelle
nous permet parfaitement de remplir les volontés de M. Roux-
Alphéran. — Fait à Aix, le 10 avril 1858.

« Ont signé : Fanny DE LALAUZIÈRE, née ROUX-ALPHÉRAN ;
M. GAUTIER DE LALAUZIÈRE. »

(64) Indépendamment de ces 71 articles, M. Roux-Alphéran possédait encore quelques autres manuscrits fort intéressants, indiqués dans les *Rues d'Aix,* et qui n'ont pas été
trouvés à l'époque de l'inventaire.

Sans parler ici du Missel de Jean Martin et des mémoires
de Regusse, manuscrits dont M. Roux-Alphéran avait disposé, comme nous l'avons dit, il aurait eu encore en sa possession :

1° *Botanicon Aqui-Sextiense, ex Garidello,* sur deux
colonnes (*Synonimia Garidelli.—Nomenclatura Linnœi*),
ouvrage du docteur Gibelin, entièrement écrit de sa main.
(V. les *Rues d'Aix,* tom. 1, pag. 93.)

2° Mémoires de M. Laurans, contenant des détails sur
l'époque de la terreur à Aix, et Journal autographe du même,
de sa translation à Paris et de sa captivité au Temple. M. Auguste Laurans était juge au tribunal civil du département des
Bouches-du-Rhône, en 1798, quand le Directoire décerna
un mandat d'amener contre lui, comme ayant pris part à la
réaction royaliste de 1795, 1796 et 1797. (V. les *Rues d'Aix,*
tom. 2, pag. 69 et 70.)

3° *Vita de Naberat,* manuscrit entièrement de la main de
ce prieur de Saint-Jean. (*Rues d'Aix,* tom. 2, pag. 259.)

4° Une satire violente de 1,500 vers, par Jean de Cabanes,
contre la *mère* ou supérieure de la maison du Refuge à Aix,
que Cabanes appelle *la Drouillade,* et qui exerçait des tor-
tures inouïes sur les recluses confiées à sa garde. (*Rues d'Aix,*
tom. 2, pag. 364 et suiv.)

5° Relation de la vie et mort de Catherine Tempier, dite
Argentine, fille orpheline de l'hôpital général de la Charité
de la ville d'Aix en Provence, écrite par messire Honoré
Philip, prêtre, curé dudit hôpital, qui a confessé cette fille
durant dix-neuf années. (V. les *Rues d'Aix,* tom. 2, pag. 485
et 486.)

Mme et M. de Lalauzière viennent de retrouver les Mémoires et le Journal de M. Laurans. Ils espèrent pouvoir découvrir aussi les autres manuscrits dont nous venons de parler. Inutile de dire que leur intention est de joindre le tout à la collection qui a déjà enrichi la bibliothèque d'Aix.

(65) Notre confrère, M. Alexis Reinaud de Fonvert, a bien voulu retracer et a heureusement reproduit les traits de M. Roux-Alphéran, dans le dessin qui a été lithographié et que l'Académie a déclaré adopter.

(66) Extraits des registres des délibérations du Conseil municipal de la ville d'Aix.

Séance du 27 février 1858.

L'an 1858 et le 27 février, à 4 heures après-midi, le Conseil municipal de la ville s'est réuni dans la salle de ses séances, à l'Hôtel-de-Ville, pour l'ouverture de sa session de février.

M. Roux, premier adjoint, remplissant les fonctions de maire en l'absence de M. Rigaud, député au corps législatif en session, président; MM. de Fortis, de Barlet, de Tournadre, Bargès, Tavernier, Guitton-Talamel, Aubert, Lyon, Tassy, Guilheaume et Henricy, conseillers municipaux.

M. le président annonce que M. Roux-Alphéran, qui fut secrétaire en chef de la mairie, membre de l'assemblée communale et greffier en chef de la cour, a légué à la ville, pour la bibliothèque, les manuscrits qu'il avait rassemblés pendant sa laborieuse existence. Cet homme de bien, dont le savoir égalait le patriotisme, avait élevé, dans son ouvrage des *Rues d'Aix*, le monument le plus complet de l'histoire de notre cité, et lui avait donné pour base les documents les plus exacts et les plus authentiques. La collection précieuse qu'il laisse à son pays natal se compose de 71 articles formant un grand nombre de volumes, brochures, liasses, sacs, cartes et cartons, et renferme des pièces fort rares et la plupart uniques. M. le président propose d'accepter ce don et d'accorder à M. Roux-Alphéran une distinction posthume qui témoigne de la reconnaissance publique et perpétue le souvenir du vénérable donateur.

Un membre se lève alors et dit que le moyen le plus sûr de rappeler à la postérité la mémoire d'un des enfants les plus dévoués et les plus recommandables de notre ville, c'est de faire revivre ses traits dans un tableau placé à la bibliothèque publique, et de donner son nom à une de nos rues.

Le conseil municipal accueille avec empressement cette motion, et après en avoir délibéré,

Délibère à l'unanimité :

D'accepter les manuscrits légués par M. Roux-Alphéran à sa ville natale ;

D'adresser des remerciements officiels à la famille du donateur ;

De placer à la bibliothèque publique le portrait de ce regrettable compatriote, peint aux frais de la ville ;

Enfin, pour couronner dignement l'ouvrage des *Rues d'Aix,* de donner à la première rue qui sera ouverte le nom de cet écrivain aussi érudit qu'obligeant et modeste.

Signés P. Roux, président, et les membres présents. — Pour expédition conforme, le maire d'Aix, signé P. Roux, adjoint.

Copie de la réponse de M. de Lalauzière à la communication officielle de la délibération du Conseil :

Monsieur le Maire,

J'ai reçu hier au soir seulement la délibération du Conseil et votre honorable lettre qui l'accompagne. Je viens au nom de toute ma famille vous en remercier, et vous prie d'être notre interprète auprès du Conseil pour lui exprimer les sentiments de gratitude dont nous sommes pénétrés en pensant à l'honneur qu'il a bien voulu faire à la mémoire de mon beau-père, M. Roux-Alphéran.

Il ne nous reste plus qu'à désirer, dans l'intérêt de la ville et pour l'honneur de mon beau-père, qu'un accroissement de la population l'oblige à augmenter le nombre de ses rues.

En attendant, permettez-moi, Monsieur le maire, de me dire avec les sentiments du plus profond respect, etc.

Signé Gautier de Lalauzière.

Aix, 17 mars 1858.

Séance du Conseil municipal du 17 mars 1858.

L'an 1858 et le 17 mars, à 4 heures après-midi, le Conseil municipal de la ville d'Aix s'est réuni dans la salle de ses séances, à l'Hôtel-de-Ville, en vertu de l'autorisation de M. le sous-préfet, en date du 13 de ce mois.

Étaient présents :

M. Roux, adjoint, chevalier de la Légion-d'Honneur, remplissant en absence les fonctions de maire de la ville d'Aix, président ;

MM. Subc, de Forbin, de Barlet, Tavernier, Guitton-Talamel, de Tournadre, Bargès, Lyon, Vieil, Mandin, Girard, Guilheaume, de Fortis et Henricy, conseillers municipaux.

M. Henricy prend la parole et rappelle au Conseil qu'il a décidé dans sa séance du 27 février dernier, de donner le nom de M. Roux-Alphéran à la première rue qui serait ouverte dans la ville. M. Henricy fait observer que l'éventualité de l'ouverture d'une rue est loin d'être prochaine. Pour que la délibération du Conseil municipal ne soit pas lettre morte, il lui semble qu'il y aurait lieu de la modifier et d'appeler rue *Roux-Alphéran* la rue Longue-Saint-Jean, où l'auteur des *Rues d'Aix* a habité et où il est décédé. De cette manière, l'hommage qu'on veut rendre à notre regrettable compatriote recevrait son accomplissement immédiat.

Le Conseil municipal,

Vu l'ordonnance du 10 juillet 1816, sur les récompenses publiques,

Accueille la proposition de M. Henricy, et, revenant sur sa délibération du 27 février dernier, est d'avis que la rue Longue-Saint-Jean doit prendre la dénomination de rue *Roux-Alphéran*.

Invite M. le maire à soumettre la présente délibération à l'approbation de l'autorité supérieure.

Signés P. Roux, adjoint, et les membres présents.

Pour expédition conforme, le maire d'Aix, signé P. Roux, adjoint.

(67) PRÉFECTURE DES BOUCHES-DU-RHONE.

NAPOLÉON, etc.

Sur le rapport de notre Ministre secrétaire d'état au département de l'intérieur ;

Vu l'ordonnance du 10 juillet 1816 ;

Avons décrété et décrétons ce qui suit :

ART. 1er.

Est approuvée la délibération en date du 17 mars 1858, par laquelle le Conseil municipal d'Aix (Bouches-du-Rhône) a émis le vœu qu'une voie publique de cette commune prit la dénomination de rue *Roux-Alphéran*.

ART. 2.

Notre Ministre secrétaire d'état au département de l'intérieur est chargé de l'exécution du présent décret.

Fait à Plombières, le 7 juillet 1858.

Signé NAPOLÉON.

Par l'Empereur :

Le Ministre secrétaire d'état au département de l'intérieur,

Signé DELANGLE.

Pour ampliation :

Le Secrétaire-Général : Signé CORNUAU.

Pour expédition conforme transmise à M. le sous-préfet d'Aix :

Le Secrétaire-Général : Signé LEFEBVRE.

Je dois la communication de ces extraits à l'obligeance de M. Tourniaire, secrétaire-général de la mairie. Je prie ce fonctionnaire, ainsi que M. Gaut, secrétaire-général adjoint, de recevoir l'expression de toute ma gratitude pour l'empressement avec lequel ils ont mis à ma disposition les registres et documents déposés aux archives que j'ai eu besoin de consulter.

CATALOGUE

Des Manuscrits légués par M. Roux-Alphéran à la Bibliothèque d'Aix.

Ce Catalogue, dont la rédaction m'est entièrement person-nelle, m'a paru devoir être le complément de la Notice sur le généreux donateur. J'ai suivi l'ordre des numéros tel que je l'ai trouvé établi dans l'état inventorié officiel.

1. Quatre cartes héraldiques sur toile avec ba-guettes; cartes de l'état consulaire d'Aix, avec blasons coloriés, de 1497 à 1789.

2. Deux cartes également sur toile avec ba-guettes, de la cour des comptes.

3. Une carte également sur toile avec baguet-tes et blasons coloriés des trésoriers de France.

4. Diverses cartes de la sénéchaussée d'Aix.

5. Carton renfermant 136 portraits détachés de Provençaux illustres et autres personnages, parmi lesquels sont ceux de plusieurs grands maîtres de l'ordre de Saint-Jean de Jérusalem.

6. Chartes, diplômes et autres pièces, 1125-1830. In-fol° demi-reliure veau.

En tête de ce recueil est là déclaration de M. Roux-Alphé-ran, comme quoi aucune des pièces qui le composent ne provient des dépôts publics confiés à ses soins. La première pièce est un extrait de partage entre Idelfonse comte de Tou-louse, et Raymond Beranger comte de Barcelone, du mois d'octobre 1125. Les limites du comté de Provence y sont ex-primées. Ce recueil contient en outre des lettres-patentes du roi René, portant diverses concessions ; l'acte d'union de *la comté* de Provence, Forcalquier et terres adjacentes à la cou-ronne et royaume de France, en octobre 1486 ; diverses let-tres du prieur Viany, plusieurs édits concernant le Parlement de Provence, des lettres de souverains et personnages célèbres, etc., etc. M. Roux-Alphéran a en outre inséré dans ce volume trois extraits des registres de la paroisse Sainte-Magdeleine d'Aix, relatifs à son baptême, à celui de J.-B. Roux, son père, et au mariage de ce dernier.

7. Chartes, diplômes, et autres pièces, de 1143 à 1797. In-fol° demi-reliure veau.

Ce recueil s'ouvre par l'acte de donation à l'ordre des Tem-pliers, faite par Marie de Marcour et Pierre Gaufridy, son mari, de la terre de *Puilobier*, pour la rémission de leurs péchés, 17 janvier 1143. Il renferme des diplômes de doc-torat accordés par l'Université d'Aix, divers contrats de ma-riage, des nominations à diverses charges, des lettres d'évê-ques et de souverains, notamment de Louis XVI aux cours souveraines d'Aix.

8. Artacellæ monasterii chartularium. In-fol°, 2 vol. parchemin.

C'est un recueil de pièces provenant du monastère de la Celle près de Brignoles, au nombre de 288, sur parchemin et sur papier, de 1056 à 1789. On y trouve des bulles de papes, des chartes de comtes de Provence, des lettres-patentes, des lettres originales d'hommes illustres. Plusieurs de ces pièces sont intéressantes pour la connaissance des mœurs et des usages des anciens temps. 72 de ces pièces n'ayant pu être reliées dans les volumes, soit à cause de leur trop grande dimension, soit par la crainte de briser les sceaux en cire ou en plomb, elles ont été placées dans six sacs de toile séparés et une briève analyse de leur contenu a été substituée dans les volumes à leur date.

(V. les *Rues d'Aix*, tom. 2, pag. 282, et les numéros ci-après, 11 à 16.)

9. Inventaire des dames Bénédictines de la Celle. In-fol° basane, 264 feuillets.

Par acte du 20 septembre 1686, notaire Alphéran à Aix, intervenu entre M. J.-B. Vitte, fondé de pouvoirs de messire René Leboult, conseiller et aumônier ordinaire du roy, prieur commandataire du prieuré de la Celle, d'une part; et la très *dévote* et révérende mère Marie de Saint-Maur, prieure du sacré monastère des dames religieuses de la Celle, transféré dudit lieu de la Celle en cette ville, accompagnée des autres dames religieuses dudit monastère, d'autre part; commission fut donnée à M. Joseph Carnaud, avocat en la cour de Parlement, de procéder à l'inventaire raisonné de tous les papiers, titres et documents de la Celle. Cet inventaire fut dressé le 1er octobre 1686. « Nous, Joseph Carnaud, y est-il dit, « portant notre commission, avons procédé à l'inventaire et

« description des pièces qui nous ont été remises sous notre
« chargement..... Lesquelles ont été rangées en 19 quarrés
« d'un grand armoire à 4 portes que les dites dames religieu-
« ses ont fait faire, placé dans une chambre de leur monas-
« tère ditte le dépost. »

10. Description du pèlerinage fait en Terre-
Sainte par Pierre Allègre, de la ville d'Aix en
Provence. In-4° de 83 pages, couvert en par-
chemin.

Cette description commence ainsi : « Le cinquième jour
« d'aoust 1662, jour de samedi, à une heure après minuit,
« je suis parti d'Aix pour Marseille, etc. » L'ouvrage est
terminé par l'arrivée de l'auteur à *Livorne*, le 16 janvier
1664. En général, les lieux parcourus par le voyageur sont
décrits d'une manière très-sommaire. Il visite successivement
Malte, Cypre, Acre, Jaffa et Rama. Il s'étend avec plus de
complaisance sur Jérusalem.

11 à **16.** Sacs au nombre de six étiquetés :
la Celle, contenant 72 pièces (V. le n° 8),

Chaque sac est en outre étiqueté de la manière suivante
par M. Roux-Alphéran :

1er sac : Bulles des papes, 12 pièces ;

2e sac : Comtes de Provence, 11 pièces ;

2e sac bis : Donations et priviléges des comtes de Provence,
16 pièces.

3e sac : Lettres des vice-légats, archevêques d'Aix, 11
pièces.

4e et 5e sacs réunis en un : Procédures et sentences, 8
pièces. — Pièces diverses, au nombre de 4.

6e sac : Réformation et transférence à Aix, 10 pièces.

17. Au dos : Joannis de Regina insignia nobilitatis. P^t in-fol° demi-reliure veau.

Ce recueil est composé de 9 pièces originales sur parchemin ; les trois premières portent la signature du roi René.

La première pièce en latin est datée du 27 mars 1463 : René y confère la noblesse à Jean de Regina, qualifié : *dilectus familiaris fidelis noster Johannes de Regina de Malveto.* Elle est ornée d'un blason enluminé probablement par René.

Par la seconde pièce écrite en français et à la date du 12 février 1464, René confère à Jean de Regina le titre *d'huissier d'armes de nostre hostel,* comme ayant exercé l'office de fourrier à sa satisfaction.

La troisième pièce écrite en latin et datée du 1er mars 1472, contient la concession de diverses immunités et exemptions en faveur dudit Jean de Regina.

18. Johannis Martini Regis Renati cancellarii atque aliquot ejus posterorum chartularium. Grand in-fol° demi-reliure.

Ce recueil est formé de 36 pièces concernant diverses missions données à Jean Martin de Puyloubier par le roi René : elles sont sur parchemin. Le plus grand nombre est en latin, les autres en français. Trois portent la signature de René, d'autres sont signées par des secrétaires-d'état et offrent quelques mots de l'écriture du roi René ou de Louis III, son prédécesseur.

Jean Martin était né dans le diocèse de Sisteron, ainsi qu'il est dit dans son diplôme de licencié en droit conféré par l'Université d'Aix, le 23 janvier 1419, et placé en tête du recueil. Il exerça la charge de chancelier pendant 31 ans, jusqu'à sa mort, en 1475.

Ce précieux cartulaire fut trouvé en 1826 par M. Roux-Alphéran, chez un fripier qui allait le détruire. Il provenait des archives de la noble et ancienne famille des Martin de Puyloubier, éteinte en 1826, depuis 30 ou 36 ans. Ces archives avaient été dévastées au commencement de la révolution, lors du pillage du château de Puyloubier, et elles renfermaient sans doute bien d'autres titres intéressants.

Nous avons dit qu'en tête de ce cartulaire M. Roux-Alphéran témoignait la volonté qu'il fut déposé après sa mort à la bibliothèque d'Aix : « Je pense, ajoutait-il, qu'on ne « saurait conserver avec trop de soin les monuments tous les « jours plus rares des temps passés, et tout ce qui rappelle « le souvenir de ces hommes recommandables qui se sont « distingués par leur dévouement au prince et à la patrie. »

Jean Martin avait donné à l'église de Saint-Sauveur un Missel sur vélin, grand in-folo, enrichi de superbes miniatures. Au commencement de la révolution, le chapitre le restitua au dernier descendant du donateur. En 1827, M. Roux l'acquit des héritiers de la famille des Martin de Puyloubier, et le céda plus tard à M. Magnan de la Roquette, amateur distingué des beaux-arts. Le cabinet de M. Magnan a été transporté à Paris et vendu après sa mort. Qu'est devenu le Missel ? Les héritiers de M. Magnan, que j'ai interrogés à ce sujet, ignorent dans quelles mains il est passé.

(V. l'*Observateur Provençal,* nᵒˢ 10 et 11, et les *Rues d'Aix,* tom. 1, pag. 523 et suiv.)

19. Recueil sur Louis Sauveur de Villeneufve, ambassadeur de France à la Porte. Billot in-4º parchemin, renfermant près de 500 pièces.

Dans son mémoire sur les tables de M. de Clapiers, lu à la séance publique de l'Académie d'Aix, en 1817, M. Roux-

Alphéran relevait l'erreur qui fixait à Marseille la naissance de cet ambassadeur. « Louis Sauveur de Villeneufve, marquis « de Forcalquieret, ambassadeur de France à la Porte-Otto- « mane, le principal agent de la paix de Belgrade, et que « Louis XV appela au ministère des affaires étrangères, qu'il « refusa par modestie, était né à Aix et non à Marseille, le « 6 août 1675. »

Sauveur de Villeneufve, fils de François de Villeneufve, conseiller au Parlement, et de Magdeleine de Forbin Sainte-Croix, était l'aîné de seize enfants tous nés à Aix. Il suivit son père à Marseille et lui succéda en 1708, dans les fonctions de lieutenant-général de la sénéchaussée, dont il avait été revêtu, après avoir vendu sa charge de conseiller. Ambassadeur à la Porte en 1728, il y resta treize ans. Il devint ensuite conseiller-d'état, et mourut à Marseille le 18 juin 1745.

M. Roux-Alphéran avait trouvé chez un fripier une grande quantité de papiers concernant le marquis de Villeneufve et sa famille. Il en fit un choix dont il forma un énorme volume, comprenant plus de 300 lettres de félicitation sur la nomination du frère de Louis Sauveur à l'évêché de Marseille, en 1723, et sur celle de Sauveur à l'ambassade de Constantinople; des épîtres curieuses comme autographes des personnes les plus distinguées d'Aix, Marseille, Toulon, etc., et de quelques personnages de la cour de Versailles, entr'autres de l'aimable Pauline, petite-fille de Mme de Sévigné.

(V. les *Rues d'Aix,* tom. 1, pag. 259 et suiv.)

20. Extrait des titres produits par haut et puissant seigneur messire Pierre-André Suffren de Saint-Tropès, vice-amiral de France, chevalier profès, bailly de l'ordre de Saint-Jean de Jérusalem, etc. Grand in-fol° cartonné.

C'est l'original sur parchemin des preuves de noblesse de
l'illustre bailli de Suffren, faites pour sa réception comme
chevalier-commandeur des ordres du roy, le 23 mai 1784,
pardevant MM. Philippe de Noailles duc de Mouchy, maréchal de France, etc., et le comte de Vintimille, chevaliers
commandeurs desdits ordres de sa majesté.

21. Alliances et généalogies des sérénissimes
très-puissants et très-haults ducz de Lorraine
dès Clodomir roy de France orientale, commençant l'an 319 jusqu'à Charles présentement
régnant, avec blasons coloriés. Grand in-fol°
cartonné.

Dans une première *annotation,* il est traité de l'origine
des François orientaux et occidentaux, desquels sont sortis
les sérénissimes ducz de Lorraine et de Bar.

Une deuxième *annotation* est pour le doubte qu'on pour-
roit faire des quatre premiers roys descrits au commencement
de ce livre.

Vient ensuite la *figure* généalogique de Pharamond premier roy des François occidentaulx, duquel les ducz de Lorraine et Bar sont descendus et suitte des quatre premiers
roys descris en ce livre.

Suit : Recueil sommaire de l'origine, ancienneté, gran-
deur, noblesse et alliance de la très-illustre maison de Lorraine dès Dagobert, roy des François orientaulx, jusques à
Charles troisième présentement régnant (1575).

22. Histoire du Parlement de Provence depuis
son institution jusqu'à la mort de Louis XIV.
Deux vol. petit in-f°, le premier de 764 pages,

contenant les livres 1 à 7 ; le second de 614 pages, renfermant les livres 8 à 12 ; rel. basane.

C'est l'histoire du Parlement de Provence de M. Louis-Hyacinthe d'Hesmivy de Moissac, conseiller en ce même Parlement, depuis l'établissement de cette cour en 1502 jusqu'en 1715.

La bibliothèque d'Aix possédait déjà un exemplaire de l'ouvrage manuscrit de M. de Moissac, avec cette note de M. de Saint-Vincens :

« Mon père et moi avons continué la table et la notice de « tous les magistrats du Parlement jusqu'à la suppression de « cette compagnie par la révolution. »

Dans l'exemplaire Roux-Alphéran, les livres n'ont point de sommaires ; quelques livres en ont dans l'exemplaire Méjanes, qui est augmenté des livres 13, 14 et 15 ; ils contiennent la série avec de courtes notices des divers membres du Parlement. Suivent quelques pièces imprimées ou manuscrites concernant cette même cour.

23. Histoire du Parlement de Provence (par Dominique de Guidi). In-fol° maroc. roug. doré sur tranche, belle écriture, 335 pages.

Cette histoire commence à l'institution du Parlement et s'arrête en 1671. Dans l'exemplaire Roux-Alphéran, elle se termine au 13e chapitre. Dans un autre exemplaire provenant de M. de Méjanes, il y a trois autres chapitres sous ces titres :

Des arrêts généraux rendus en robes rouges, les chambres assemblées au Parlement d'Aix.

Des noms de tous les officiers dudit Parlement, depuis son établissement jusques à présent.

Des arrêts et règlements du conseil rendus entre la Cour de Parlement et celle des comptes aydes et finances en Provence, ensemble ceux donnés entre les présidents et conseillers dudit Parlement.

Suivent quelques autres pièces manuscrites et entr'autres : Formulaire pour dresser les arrêts ; mémoire doctrinal *acomodé* à la jurisprudence françoise sur les décrets du Concile de Trente de la réformation ; extrait des mémoires de M. de la Roque, etc.

M. Roux-Alphéran mentionne dans les *Rues d'Aix*, tom. 1, pag. 500, ces mémoires du président de la Roque, et il ajoute que malgré toutes ses recherches, il n'a pu les rencontrer nulle part, pas même dans la riche collection de manuscrits de la bibliothèque Méjanes. L'extrait ci-dessus indiqué a-t-il échappé à ses perquisitions ou bien n'a-t-il pas cru devoir en tenir compte?

24. Mémoires des délibérations et procédures sur la suspension de la Cour de Parlement de Provence. Aix, 1719 ; 2 vol. in-fol°, avec les armes de Boyer d'Aiguilles, marquis d'Argens, sur le plat.

Le premier volume, composé de 727 pages, commence le mercredi 12 avril 1564 et se termine au 27 août 1630.

Le deuxième volume, contenant 723 pages, commence le 1er septembre 1630 et finit le 12 août 1683.

25. Au dos : Tables des registres du Parlement. In-fol° de 1003 pages, rel. basane.

C'est une analyse des lettres-royaux enregistrées au Parlement d'Aix, ouvrage de l'abbé de Montvalon, conseiller-clerc au Parlement, né en 1714 et mort en 1775, auteur, entr'autres ouvrages, du *Traité des successions;* Aix, 1780, 2 vol. in-4°.

Cette analyse n'est point terminée, la mort ayant surpris M. de Montvalon quand il commençait à peine le dépouillement du 55ᵉ registre des lettres-royaux. L'analyse du 56ᵉ registre à la suite de notre manuscrit, a été faite par le président de Saint-Vincens le père et est de son écriture. Ce volume paraît au reste lui avoir appartenu. *(Note de M. Roux-Alphéran.)*

26. Mémoires de Jacques de Gaufridi, président de la Chambre des requêtes du Parlement de Provence, et ensuite au Parlement-Semestre. In-fol° de 311 pages, rel. basane.

Ce sont là les grands mémoires de Gaufridi, mieux qualifiés sous ce titre : *Histoire de Provence contenant ce qui s'est passé de plus remarquable dans ce pays, de* 1626 *jusqu'à la journée de Saint-Sébastien en* 1649, par opposition aux petits mémoires ou journal des faits qui se sont passés à Aix depuis la fin de 1622 jusqu'en octobre 1666.

La bibliothèque d'Aix possédait déjà trois copies des grands mémoires.

(V. ma biographie de Jacques Gaufridi. Aix, Vᵉ Tavernier, 1852; in-8° avec portrait, pag. 54 et suiv.)

27. Des contentions que le Parlement a eu avec la cour de Rome et le vice-légat d'Avignon. In-fol° de 618 pages, demi-reliure.

C'est l'ouvrage demeuré manuscrit de M. Hesmivy de Moissac.

Il contient un précis des contestations du Parlement non seulement avec la cour de Rome, mais encore avec les archevêques et évêques de la province, le chapitre de Saint-Sauveur, les gouverneurs de Provence, les lieutenants-généraux et les commandants, la cour des comptes, aides et finances, les trésoriers-généraux de France, les consuls, les sénéchaussées, etc.

L'auteur s'arrête en 1723. A la suite est une page d'addition par M. de Saint-Vincens.

28. Au dos : Mercuriale du Parlement de Provence. In-fol° de 1273 pages, sans la table des matières, rel. basane.

L'ouvrage commence par ce titre plus développé : « Pro-
« cédure prise par le Parlement de Provence contre MM.
« Alexandre-Jean-Baptiste de Boyer d'Éguilles, André de
« Barrigue de Monvallon, Honnoré de Barrigue Mon-
« vallon, Jean-Edouard de Coriolis, Jean-Joseph de Lau-
« gier de Beaurecueil, Joseph-Jean-Augustin d'Arbaud de
« Jouques, Joseph-Pierre de Mery de la Canorgue, André-
« Bruno Deidier, Curiol de Mirabeau, et François de Ca-
« denet de Charleval, président et conseillers en ladite cour,
« jugée en mercuriale le 17 mai 1763. »

On sait que ces magistrats furent accusés, après l'arrêt qui prononçait la suppression des jésuites, d'avoir trahi les lois de la justice, en protégeant les jésuites outre mesure, et que la compagnie était violemment attaquée dans des *mémoires* publiés sous le nom du président d'Aiguilles.

29. Histoire du Parlement de Provence depuis son établissement par le roy Louis XII, en l'an 1502, jusques aujourd'hui (1660), ensemble des érections nouvelles creuës, suppressions et rétablissements qui y ont été faites en divers temps. In-fol° de 696 pages, rel. basane.

Sur la garde intérieure sont les armes de Pierre Saurin ,
avocat, plusieurs fois assesseur d'Aix.

En tête du volume, on lit cette note de M. Roux-Alphéran :

« Cette histoire du Parlement de Provence est plus rare et
« peut-être plus curieuse que celles des conseillers d'Agut,
« de Guidi et d'Hesmivy de Moissac.

« J'ai cru longtemps, sur la foi de feu M. le président de
« Saint-Vincens le fils , que c'étoit ici celle de M. d'Agut, et
« je l'ai citée sous ce nom dans mes recherches biographiques
« sur Malherbe. Aix , 1825, pag. 27, note 1.

« Mais M. Pontier père, libraire, qui en possède un exem-
« plaire pareil à celui-ci , y a découvert en 1831 qu'elle a
« été composée par *Pierre Louvet* de Beauvais, docteur en
« médecine, etc., connu par divers ouvrages imprimés sur
« l'histoire de Provence. On lit dans la première partie des
« additions et illustrations sur les deux tomes de l'histoire
« des troubles de Provence par Louvet, pag. 300 , que cet
« auteur avait travaillé sur l'histoire du Parlement. On trouve
« aussi dans le même volume et le suivant des passages en-
« tiers textuels et évidemment extraits de cette histoire. C'est
« ici l'exemplaire de l'avocat Pierre Saurin dont les armes
« sont ci-dessus, et qui a fait quelques notes marginales. »

Une autre note de M. Roux-Alphéran, consignée à la page
487 de notre manuscrit, indique que Louvet écrivit son histoire du Parlement en 1675.

30. Registre des délibérations de la Cour des
comptes, commencé le 4 mars 1649 et finy le
10 septembre 1671. In fol° de 769 pages, rel.
basane.

Ces délibérations sont intéressantes non seulement sous le

rapport des usages de cette cour, mais encore comme se rattachant à divers évènements du dix-septième siècle.

31. Recueil de notes par ordre alphabétique. 8 vol. petit in-fol°, rel. en peau.

Ce ne sont guère que des dates sur les principaux évènements se rattachant à des localités ou à des familles de Provence. En général, ces notes sont extraites des diverses archives du pays ou des écritures des notaires.

32. Recueil de notes sur les privilèges, donations, ventes, etc., des principaux lieux de la Provence. — Inféodation du comté de Provence faite par l'empereur Frédéric à Raymond Berenger, le 15 septembre 1162, après la destruction de Milan, reg^{tre} n° 29, cotté Avignon fol. 262, armoire E, aux archives de la Cour des comptes. Petit in-fo° de 447 pages, demi-reliure.

Sur la garde intérieure, M. Roux-Alphéran a écrit : 10 fr. 1807. Ce recueil, par ordre alphabétique, ne contient que des indications sur divers faits intéressant le pays, avec renvoi aux archives de la province, aux écritures des notaires, etc.

33. Au dos : Notes de M. Roussille sur les communautés de Provence. Petit in-fol°, 2 volumes contenant en tout 2575 pages, rel. basane.

Ces notes, rangées par ordre alphabétique, sont encore extraites des archives de la province ou des minutes des notaires. D'après une indication de M. Roux, ce manuscrit daterait de 1760 environ. Il est précédé de deux tables : la première est relative à plusieurs titres des terres de la Provence ou autres provinces ; la seconde est celle des noms et surnoms, mariages, donations, testaments et autres actes concernant des familles nobles ou roturières.

34. Etat détaillé et circonstancié du domaine de Beauvoisin, pour tout ce qui peut concerner ledit domaine, acquisitions, état ancien, répations, revenus, agrandissements, et des censes et *pentions* qui y ont été joints ainsi que des censes que j'avois déjà dans le terroir ; censes et *pentions* à Gardanne et Saint-Cannat, avec une table à la fin. Grand in-fol° de 340 pages ; un tiers environ du volume resté en blanc, rel. en peau.

Le domaine de Beauvoisin, ainsi appelé depuis le seizième siècle, se nommait plus anciennement la *Bastide de Verdaches*. Aujourd'hui il est connu sous le nom de *la Pioline*. Il a appartenu successivement aux Rodulphe, seigneurs de Verdaches, à Arnaud Borrilli, trésorier-général des finances du roi en Provence, au président Duvair, à Reynaud de Piolenc, écuyer d'Aix, seigneur de Cornillon, à Paul-Joseph de Meyronnet, marquis de Châteauneuf, dont le fils le vendit à un banquier d'Aix, le 20 septembre 1808, à M. le duc de Blacas, etc.

Ce manuscrit ne concerne guère que des intérêts particulier : c'est une sorte de livre de raison pour tout ce qui a rapport au domaine de la famille de Meyronnet, qui a possédé la Pioline pendant 39 ans, de 1769 à 1808.

A la page 35, on trouve des détails sur l'orage dit le Déluge de Lekain, qui inonda notre ville le 16 septembre 1771.

(V. les *Rues d'Aix*, tom. 2, pag. 523 et suiv.)

35. Etat et inventaire général des archives de la V^{ble} langue de Provence, fait par sa délibération du 20 juillet 1752. In-fol° parchemin, 2 tomes en un vol. d'environ 1,000 pages.

Le présent état général des archives de la langue de Provence est dressé de la manière suivante :

De tous les procès des *ameliorissemens* rangés dans les armoires n°s 1, 2, 7 et 8.

De tous les livres existants dans l'armoire n° 3, et qui sont les registres des *ameliorissemens;* les livres des délibérations ; les livres des débiteurs et des revenus et *dépences*, et autres divers livres.

De tous les procès des preuves de noblesse, rangés dans les armoires n° 4, 5 et 6.

Des résultats des V^{bles} chapitres et assemblées des grands prieurés de Saint-Giles et Toulouse, rangés dans l'armoire n° 7.

Et dans l'armoire n° 9, plusieurs cayers de papiers touchans diverses affaires de la V^{ble} langue.

Finallement dans l'armoire n° 10 sont rangés les procès des *ameliorissemens* et preuves des prêtres et servants d'armes, dont on a fait de même que des *ameliorissemonts* et preuves des chevaliers.

D'après une note de M. Roux, consignée dans les *Rues d'Aix*, tom. 2, pag. 329, il devait la possession de ce manuscrit à l'obligeance de M. Bouteuil, doyen de la Faculté de droit.

36. Recueil de tout ce qui concerne la langue et auberge de Provence, les dignités, prieurés, baillages, commanderies, prééminences et bénéfices qui y sont attachés, avec les biens qui en dépendent et composent les dittes dignités. Ensemble les charges qu'elles payent au commun trésor, au roy et autre part. Leur revenu quitte pour ceux qui en sont revêtus ; la taxe faitte par le trésor qui règle l'imposition des pensions, lesquelles se prennent sur la 5ᵉ partie de la dite taxe ; ceux qui jouissent des dittes pensions et plusieurs autres choses qui peuvent intéresser les frères reçus dans la ditte langue. Année 1757. Petit in-fol° de 780 pages, avec frontispices et blasons coloriés, rel. basane.

Ce volume intéressant appartenait à mon beau-père, M. Auguste Beuf, conseiller à la cour impériale d'Aix et chevalier de Saint-Jean de Jérusalem. M. Beuf me l'ayant donné en mars 1841, je me fis un plaisir de l'offrir à M. Roux-Alphéran quelques mois après.

37. Histoire de la ville d'Aix, capitale de la Provence, par Pierre-Jᵇ de Haitze, un de ses citoyens (natif de Cavaillon), mise au net en 1720. In-4°, 4 vol. demi-reliure.

On lit cette note de M. Roux-Alphéran en tête du 1ᵉʳ volume.

« Au mois d'avril 1827, j'ai acquis de M. Ricard, con-
« seiller-auditeur en la cour royale, héritier de feu M. Du-

« breuil, avocat et ancien assesseur d'Aix, cette histoire.....
« Déjà depuis plus de 20 ans j'en avais moi-même copié un
« peu plus de la moitié, formant 2 vol. in-fol°, mais il m'en
« manquait près de l'autre moitié, et je n'ai pas été faché
« d'avoir l'ouvrage complet. Cet exemplaire en 4 vol. in-4°
« est en grande partie de l'écriture de M. l'abbé Dubreuil, et
« le reste de celle de M. Dubreuil aîné, son neveu, l'un oncle
« et l'autre frère de celui dont M. Ricard a hérité. »

On trouve ensuite et avant le titre ci-dessus de l'ouvrage :
Supplément à l'histoire d'Aix tiré du recueil des historiens
des Gaules et de la France. Tome 1er, Paris, 1738. In-fol°.
Contenant tout ce qui a été fait par les Gaulois et qui s'est
passé dans les Gaules avant l'arrivée des François, et plusieurs autres choses qui regardent les François depuis leur
origine jusqu'à Clovis. (Ce sont des extraits de divers auteurs
anciens.)

Exposition (en précis) du sieur de Haitze, touchant l'histoire d'Aix, qu'il a composée. (In-4° de 13 pages, impress.
du sieur David, à Aix.)

La copie mste de cette exposition offre certaines variantes
avec l'imprimé qui est à la bibliothèque d'Aix, dans un recueil
in-4° de pièces sur la Provence, n° 27,976. Elle n'est point
dans l'exemplaire original de de Haitze, ni dans une copie
que la bibliothèque possédait déjà avant l'exemplaire Roux-
Alphéran.

38. Annales historiques et raisonnées de la
ville de Marseille depuis 598 ans avant J.-C.
jusques vers la fin du dix-septième siècle de l'ère
chrétienne, contenant ce qui s'est passé de plus
remarquable dans l'administration, la législation et les mœurs de la Provence ancienne et mo-

derne, par Ch.-François Bouche, avocat, etc. Cahiers renfermés dans un carton. Petit in-fol°.

Outre les réflexions préliminaires, l'ouvrage comprend 33 chapitres, depuis les Saliens jusqu'au séjour de Louis XIV à Marseille et son départ. La partie historique est suivie d'une digression sur la peste de 1720, d'un mémoire sur les monuments et le commerce de Marseille, etc.

Dans le catalogue des auteurs vivants que l'on voit à la fin du second volume des hommes illustres de Provence, connu sous le nom d'Achard, il est dit à la page 500 que l'histoire de Marseille par Ch.-François Bouche doit paraître en 1787 et que cet ouvrage est traité en philosophe, en politique et en commerçant.

Nous sommes entrés dans quelques détails au sujet de la publication des annales de Marseille, proposée par M. Roux-Alphéran au maire de cette ville. La correspondance qui s'établit entr'eux à ce sujet est conservée dans le carton renfermant le manuscrit de Bouche. Nous pensons qu'on ne lira pas sans quelque intérêt les deux lettres suivantes qui en sont la conclusion :

Lettre du maire de Marseille, du 23 octobre 1829 :

Monsieur, examen fait de cet ouvrage, j'ai remarqué qu'en le considérant sous le rapport de l'érudition, l'auteur a droit à de justes éloges. Mais n'aurait-il pas dû craindre de s'exposer au reproche d'infidélité ou d'inexactitude en s'abstenant d'indiquer les sources où il a puisé? Ne doit-on pas également être surpris de sa détermination à rendre son histoire incomplète, en n'y pas comprenant celle des églises, des chapelles, des hôpitaux, des confréries et des communautés religieuses?

M. Bouche ne s'est-il pas souvent écarté du but véritable, en présentant sous l'aspect qu'il a jugé convenable les évènements qu'il raconte, et en se livrant à des réflexions philosophiques qui pourraient être controversées? L'administration ne donnerait-elle pas une sorte de sanction aux opinions et aux vues de l'auteur si elle se chargeait de l'impression de son ouvrage?

La ville doit donc s'abstenir d'une participation directe à la publication de cet ouvrage. J'ajouterai néanmoins que si vous vous déterminez à le faire imprimer vous-même, la ville pourra prendre le nombre d'exemplaires qu'elle jugera convenable.

J'ai en conséquence l'honneur de vous renvoyer le manuscrit dont il s'agit et dont je vous prie de m'accuser réception.

J'ai l'honneur d'être, etc.

Signé : Marquis de MONTGRAND.

Réponse de M. Roux-Alphéran, Aix, 25 octobre 1829 :

Monsieur le maire, j'ai reçu hier avec votre lettre le manuscrit de l'Histoire de Marseille, par feu M. Bouche, que j'avais pris la liberté de vous communiquer.

J'entre parfaitement dans les raisons que vous voulez bien me donner et qui vous portent à vous abstenir de prendre part à l'impression de cet ouvrage, vous priant de croire que mon intention n'a jamais été de vous engager à une publication qui pût le moins du monde contrarier les vues de votre administration.

On m'a parlé depuis peu de jours d'une autre histoire de Marseille par M. Fabre, avocat, qui, dit-on, doit paraître incessamment. Suivant le plus ou moins de succès qu'aura cet ouvrage, je me déciderai ou non à traiter avec un imprimeur pour l'impression de celui de M. Bouche, ce dont j'aurai toujours l'honneur de vous informer à l'avance.

Je suis, etc.   Signé : ROUX-ALPHÉRAN.

39. Second livre des délibérations de la Société des Amis de la Constitution établie à Aix, département des Bouches-du-Rhône, commencé le 3 décembre 1790, l'an 2 de la liberté. In-fol° de 370 pages, cartonné.

Le manuscrit se termine le 13 juillet 1791. Il est plein d'intérêt pour l'histoire de ces premiers temps de la révolution. Le hasard fit découvrir ce registre à M. Roux, chez un fripier de la place des Prêcheurs, au mois d'avril 1844.

La Société des Amis de la Constitution tint sa première séance le 9 mai 1790.

Le récit suivant extrait de la séance du 28 juin 1791, est curieux comme monument de l'époque :

« On annonce une mère citoyenne de Marseille qui de-
« mande les honneurs de la séance; elle est introduite au
« milieu des applaudissements. Cette mère citoyenne présente
« à la société sa fille, *âgée de 5 ans,* qui ayant sucé avec
« le lait les principes de la vertu et du patriotisme, offre à la
« société une couronne civique accompagnée d'un compli-
« ment qui exprime l'énergie et la pureté des sentiments de
« l'enfant qui du printemps de son âge vient dans le temple
« de la liberté, unir ses vœux à ceux qui la soutiendront
« jusques à la dernière goutte de leur sang. La couronne
« déposée sur le bureau, M. le président exprime la sensi-
« bilité de l'assemblée à cette jeune patriote par deux baisers
« qu'il lui donne en son nom, etc. »

40. Recueil de rapports et de plans faits et dressés pendant le 17e siècle, pour servir à l'agrandissement de la ville d'Aix et à son alignement, avec estimation du prix donné en dédommagement pour les terrains pris à cet effet. Petit in-fol°, rel. en peau.

Le premier rapport est à la date du 29 mai 1615.

41. Au dos : Registre des papiers du Trésor. In-fol° de 126 feuillets, reliure basane.

Ce manuscrit commence ainsi :

« L'an 1682 et le 10 juillet, en exécution de l'ordonnance
« de la veille, rendue par Mre Thomas-Alexandre Morani,
« chevalier, conseiller du roy en ses conseils, m^e des re-
« quêtes, intendant de justice, police et finances en Provence,
« etc., nous Thimoléon Legras, escuyer, et Alexandre Le-
« gras, aussi escuyer.... étant pour les affaires de S. M. en
« cette ville d'Aix.... avons en présence de M. Me Baltazard
« d'André et M. Me Margalet, conseiller du roy en la cour
« des comptes, aydes et finances de Provence, commissaires
« par elle députtés, procédé à l'inventaire et description des
« titres de la Tour du Trésor qui ont été pour cet effet apor-
« tés en le salle des archives et mis en ordre par matière et
« par viguerie en trente-une liasses, lesquelles ont été rangées
« en neuf quarrés d'une armoire placée en lad. Tour du
« Trésor en la manière qui suit.... »

Dans ce volume, et sur deux feuilles de papier collées contre la garde intérieure, M. Roux-Alphéran a indiqué le nombre de pièces que contient chaque liasse, ce qui s'y rapporte principalement, avec renvoi aux feuillets du manuscrit.

42. Histoire journalière d'Honoré de Valbelle. In-fol° rel. basane, pap. réglé, belle écriture.

On lit sur la garde intérieure, de la main de M. Roux :
« Ex dono d. Aug. Ren. Fel. marchionis d'Albertas, conj. d.
« Alb. Jos. Flav. de Caussini de Valbelle, mens. aprilis 1833.»

Ce journal, écrit en langue provençale, commence ainsi :

« En aquest present libre si coumenson de escrieure plu-
« siors causos dignos de memorie.... en especial en la cieutat
« de Marss^a en laqual Mi Honorat de Valbella ay coumensat
« lou present tratat.... »

Il s'étend du 24 novembre 1423, jour de la prise de Marseille par Alphonse d'Arragon, jusqu'en décembre 1538.

Dans un exemplaire des *Hommes illustres* d'Achard, ayant
appartenu à M. de Saint-Vincens et qui est à la bibliothèque
d'Aix, on lit un article manuscrit détaché sur Honoré de
Valbelle, probablement par M. de Saint-Vincens. Il y est dit
qu'il existe dans ce journal des détails historiques qu'on ne
trouve que là, surtout pour les deux siéges de Marseille, l'an
1524, par le connétable de Bourbon, et l'an 1536, par
Charles-Quint. On y lit encore des particularités intéressantes sur le voyage à Marseille du pape Clément VII pour
le mariage de sa nièce la duchesse d'Urbin avec le duc d'Orléans fils de François Ier, et sur les noces qui eurent lieu à
cette occasion.

43. Mémoires de messire Antoine de Valbelle,
chevalier seigneur de Monfuron, lieutenant-général de l'admirauté de Marseille, et conseiller-d'état
ordinaire, dressez en la présente année 1682 par
maître Jean Russel, avocat en la Cour, autrefois
secrétaire dudit seigneur. In-4°, rel. basane.

Même indication de M. Roux-Alphéran quant à la prove-
nance de ce manuscrit probablement autographe, et dont une

copie existait déjà à la bibliothèque d'Aix. L'auteur annonce qu'il n'écrit que pour sa famille et nullement pour le public. Ses mémoires commencent l'an 1638, à la mort de Cosme de Valbelle, seigneur des Baumelles, tué au siége de Gênes, et finissent en 1653, à l'entrée du duc de Mercœur dans Marseille. Il y a des détails intéressants sur les évènements de l'époque, entr'autres sur les démêlés du comte d'Alais avec le Parlement.

44. Discours de M. Paris la Montagne à ses enfants, pour les instruire de sa conduite et de celle de ses frères dans les principales matières du gouvernement où ils ont participé. 1729, in-fol° 523 pages et 17 sections, demi-reliure.

L'auteur de ce discours est le second des quatre frères Paris Duverney, qui prirent une si grande part à l'administration des finances sous Desmarets, le duc de Noailles et d'Argenson. Il avait conservé cette désignation de *la Montagne* du nom d'une auberge à l'enseigne de la Montagne, à Moras, dans le Dauphiné, auberge qu'avait tenue le père des frères Paris Duverney et où ils étaient nés.

A la fin est une table des matières.

45. Dissolution du mariage d'entre Henry IIII roy de France et de Navarre, et Margueritte de France, fille du roy Henry second. In-fol° de 450 pages, demi-reliure.

Parmi les pièces de ce manuscrit nous signalerons :

1° Instruction servant à l'intelligence du contenu au présent volume.

2º L'arbre de consanguinité.

3º Contrat de mariage entre Antoine de Bourbon duc de Vendôme et Jeanne princesse de Navarre.

4º Raisons proposées au pape Clément VIII par M. de Sillery, ambassadeur pour le roy près Sa Sainteté.

5º Rescrit du pape Clément VIII par lequel il délègue le cardinal de Joyeuse, l'archevêque d'Arles et son nonce pour connaître de ce mariage.

6º Faits et articles pour faire interroger le roy. Interrogatoires du roy et de la reyne Marguerite.

7º Faits et écritures pour le roy, signés de la Guesle; faits et écritures pour la reyne, signés Langlois et Molé.

8º Faits et articles sur lesquels le promoteur demande qu'enqueste soit faite.

9º Procès-verbal d'enquête.

10º Mandatum ad inquisitionem faciendam dispensationis super matrimonio concessæ.

11º Bulla dispensationis a summo pontifice concessa.

12º Sentence définitive, 17 décembre 1599.

13º Absolution de l'hérésie donnée au roy.

14º Exposé des principaux sujets de la mauvaise intelligence entre le feu roy Henry IIII et la reyne son épouze.

46. Livre contenant ce qui s'est passé de plus mémorable dans la compagnie des pénitents noirs de cette ville d'Aix, sous le titre des cinq playes de N. S. J.-C., depuis son établissement, arrivé en 1520, jusques en l'année 1697, fait et écrit de la main du très *cellebre* frère Pierre-Louis Brochot, vivant archivaire et secrétaire de la ditte compagnie. Petit in-folº de 249 feuillets, couvert en parchemin.

On y trouve quelques faits intéressants pour l'histoire de notre ville. A la fin est cette note de la main de M. Roux-Alphéran :

« La compagnie des frères pénitents noirs a cessé ses as-
« semblées et vendu son église pour payer ses dettes , en
« 1771. Elle délibéra cette dissolution dans une assemblée
« générale tenue le 24 février 1771, autorisée par décret du
« Parlement des 4 et 23 dudit mois ; étant recteur fr. Claude-
« Jean-Baptiste Duranty-la-Calade, lors conseiller et depuis
« président aux comptes. Ce recteur recueillit les archives de
« cette compagnie qui ont été vendues à l'épicier en sep-
« tembre 1805. Je n'en ai sauvé que cette histoire qui était
« la seule chose un peu intéressante. »

(V. les *Rues d'Aix*, tom. 1, pag. 446, et tome 2, pag. 115.)

47. Répertoire des jugements de noblesse rendus par les commissaires députés par Sa Majesté, en l'année 1667, qui se trouvent dans les archives de la chambre des comptes d'Aix, dans l'armoire P, en trois registres cottés par n°s 3, 4 et 5, recueillis par lettres alphabétiques. Grand in-4° demi-reliure basane.

Une feuille détachée en tête du volume comprend la table suivante.

1re catégorie. — Arrêts de maintenue totalisés au chiffre de 569 ; 900 individus, 380 familles.

2e catégorie. — Arrêts de condamnation totalisés au chif-fre de 513, mais atteignant 534 individus.

3e catégorie. — Ceux qui prenant expédient de condamnation payèrent volontairement l'amende de 50 livres, totalisés à 1,279 individus.

4e catégorie. — Ceux qui d'abord ayant fait leur production, mais ensuite s'étant désistés, furent nonobstant condamnés à l'amende encourue par les usurpateurs..... 46 individus.

D'où il résulte que le nombre total des individus ajournés s'élève à 2,759.

48. Abrégé des délibérations du corps de la noblesse de Provence, mis en ordre alphabétique en exécution de la délibération du 24 juin 1757. Petit in-fol°, 165 feuillets, rel. bas.

Cet extrait sommaire contient les renvois aux registres et au folio.

49. Au dos : Manuscrit du P. Forrat. Petit in-4°, 143 pages, demi reliure basane.

Cet ouvrage autographe du R. P. Louis Forrat, de l'ordre des Frères prêcheurs, docteur en sainte théologie, originaire du vicariat de Briançon et prieur du couvent d'Aix, a été commencé en 1757 et continué les années suivantes.

Il renferme des détails curieux sur l'ancienne église des Dominicains d'Aix, aujourd'hui paroisse Sainte-Marie-Magdeleine, notamment sur la situation des tombes qui y existaient au nombre de près de 150, avec l'indication des familles auxquelles elles appartenaient en 1763.

M. Roux-Alphéran a joint à la fin du volume deux numéros du *Mémorial d'Aix* des 29 juin et 10 juillet 1845, relatifs à cette ancienne église des Dominicains et ses *notices* sur

André Abellon, dans lesquelles il cite un fragment du manuscrit du P. Forrat, concernant ce religieux.

50. Pièces justificatives de l'oraison funèbre du maréchal du Muy. In-4° rel. basane.

Il y a en tête une note en rectification de M. Roux-Alphéran ; elle constate que le maréchal du Muy est né à Aix et non au Muy, comme il est dit à la seconde page de ce manuscrit, ni à Marseille comme le prétendent la plupart des biographes. Il cite à l'appui de son assertion deux extraits des registres de la paroisse de Saint-Jérôme, 1711 et 1712, attestant que le maréchal est né le 23 septembre 1711, qu'il a été ondoyé le 24 et qu'il a reçu le supplément du baptême le 25 février 1712.

On lit à la première page : « Ce que nous allons donner « ici n'est point un ouvrage, c'est un simple recueil des « pièces sur lesquelles M. l'évêque de Sénez a composé son « oraison funèbre. »

On sait que cette oraison funèbre fut prononcée dans la chapelle des Invalides par M. de Beauvais, évêque de Sénez.

Ces pièces justificatives se trouvaient déjà à la bibliothèque d'Aix, dans le recueil manuscrit 847; elles sont de la main de M. de Méjanes, avec cette note à la fin :

« Ce détail historique a été composé par M. le marquis « de Créqui, qui a épousé la fille unique de M. le marquis « du Muy, lieutenant-général des armées, frère de M. le « maréchal du Muy. »

51. Autographes de Vauvenargues. In-4° demi-reliure.

Nous avons déjà dit dans le courant de notre notice comment M. Roux-Alphéran était devenu propriétaire de ces autographes. Indépendamment des nouveaux et derniers caractères de Vauvenargues, ce recueil contient cinq lettres inédites et autographes de Voltaire, et une lettre non datée de M. L. Aimé Martin, secrétaire de la chambre des députés, par laquelle il prie M. Roux-Alphéran de lui donner une ou deux lettres du moraliste, en échange de l'écriture de Bernardin de Saint-Pierre, dont il peut disposer. Suivent deux pages autographes de ce dernier écrivain se rattachant à ses *Harmonies de la nature*.

52. Recueil de jugements et lettres de noblesse. Répertoire général, in-4° de 196 pages, rel. basane.

Ce sont des notes par ordre alphabétique avec renvoi aux registres de la cour des comptes dont elles sont extraites.

53. Portefeuille de feu M. l'abbé de Tuffet. Petit in-fol° parchemin.

C'est le recueil de ses diplômes et brevets qu'il avait légués à M. Roux-Alphéran; on y trouve aussi une partie de sa correspondance.

A la fin est un sermon de l'abbé de Tuffet, prêché aux RR. DD. religieuses de Colombey, dont il était aumônier, le jour de Saint-Bernard, 1804.

54. Vocabulaire spirituel par M. l'abbé de Tuffet, prêtre, chanoine honoraire de Valence, chevalier des ordres royaux et militaires de Saint-Louis, du Phénix, et des SS. Maurice et Lazare de Sa Majesté sarde. In-4° de 524 pages, demi-rel.

Ce manuscrit autographe est un recueil de pensées morales
et religieuses, rangées par ordre alphabétique, sans indication des sources dont elles sont extraites, et paraissant être
un résumé des souvenirs de l'auteur. Il y a une approbation
signée † Etienne, évêque de Bethléem, et datée de St-Mau-
rice, le 3 octobre 1840.

« Il n'y a pas un individu, dit l'auteur dans la préface, qui
« voulant bien parler sa langue, n'ait un dictionnaire pour
« connaître la véritable signification des mots dont il se sert,
« pourquoi, me suis-je dit, ne prendrait-on pas pour bien agir,
« le même moyen qu'on emploit pour bien parler, etc.... »
(V. les *Rues d'Aix*, tom. 2, pag. 90.)

55. Généalogie de la maison de Rivière et de
celle du Puget. In-4° cartonné, 102 pages, avec
une table en tête par M. Roux-Alphéran.

La première de ces deux familles, répandue dans diverses
provinces de France, est originaire du royaume d'Arragon,
où elle est connue sous le nom de *Fluvianus*. Elle a produit
un grand nombre d'hommes célèbres.

Celle du Puget est une des premières qui ont adopté l'usage
de tirer leur nom d'une terre, usage qui n'a commencé que
vers l'an 1000. Elle est encore illustre par l'avantage qu'elle
a d'être issue des anciens comtes de notre province.

56. Constitutiones societatis.... Grand in-fol°
de 59 feuillets, cartonné.

On lit ces seuls mots sur le frontispice, encadré de gravures
en taille douce, mais en tête de la première page il y a ce titre
plus développé :

« Fondation et establissement de la compagnie des Frères

« pénitents bleus de la ville d'Aix, appellez les Frères péni-
« tents de saint Joachim.

Mathieu Arnaud, prêtre de l'Oratoire et chanoine de Saint-
Sauveur d'Aix, acquit, le 10 janvier 1645, la vieille église
de l'Oratoire, qu'il plaça sous l'invocation de saint Joachim.
Par autre contrat du 10 mars suivant, M. Arnaud fit donation de ladite église à sept personnes pieuses, en fondant et
érigeant une compagnie de Frères pénitents sous le titre de
Saint-Joachim. Cette donation fut confirmée par sentence de
l'archevêque d'Aix, ou soit de son grand-vicaire, le siége
vacant, du 20 avril même année. Le roi approuva et confirma
lesdites donation et fondation par lettres-patentes du mois
d'août 1653, enregistrées au Parlement le 10 octobre suivant.

Les constitutions de cette compagnie renferment un assez
grand nombre d'articles. Elles sont datées du 17 avril 1645.
Les frères doivent être au nombre de 72 en l'honneur des 72
disciples de J.-C.; ils ne sortent en corps que pour ensevelir
leurs confrères ou les pauvres suppliciés. Ils portent l'habit
de leur pénitence, *bleu*, parce que *c'est la couleur du man-
teau duquel la sainte Vierge se couvroit ainsy que nous
l'a apris l'évangéliste saint Luc, par l'image qu'il nous
a laissé de cette sainte dame, et afin qu'ilz puissent con-
sidérer dans la représentation de cette couleur que leur
conversation doit être céleste suivant le dire de saint Paul.*

Suivent diverses copies d'approbations, confirmations, délibérations, et un exemplaire imprimé de lettres-patentes du
mois de décembre 1771, qui confirment de nouveau la compagnie des pénitents bleus établis dans la ville d'Aix, et l'érigent en
maison royale et hospitalière avec les mêmes droits et facultés
dont jouissent les autres hôpitaux établis dans le royaume.

57. Recueil sans frontispice des campagnes
de divers vaisseaux. Petit in-fol° broché.

1° Journal de la campagne du vaisseau *la Provence*, armé à Toulon en 1776.

2° Journal de la campagne du vaisseau *le César*, armé à Toulon en 1777, commandé par M. de Barras, capitaine des vaisseaux du roi.

3° Journal de la campagne du vaisseau *le Zélé*, commandé par M. de Barras, armé en 1778 dans l'escadre commandée par M. le comte d'Estaing, vice-amiral.

Observations météorologiques, détails de stratégie et de tactique navale.

58. Mémoires d'Antoine de Félix, copiés sur le manuscrit original de l'auteur. 1839. Grand in-4° de 453 pages, reliure basane, écrit en entier par M. Roux-Alphéran.

Un avertissement et une notice en tête de ce volume et rédigés par M. Roux-Alphéran, nous apprennent que messire A. de Félix, né à Marseille au commencement du 17ᵉ siècle, est mort en 1675, prêtre et protonotaire du saint-siége, après avoir été successivement conseiller du roi en la sénéchaussée de Marseille, assesseur de cette ville, député à la cour à Libourne pendant le siége de Bordeaux. Il avait laissé 4 volumes in-fol° écrits entièrement de sa main et concernant surtout l'histoire ancienne et moderne de Marseille, au gouvernement de laquelle ville il avait eu part. Au mois de mars 1839, M. le marquis d'Albertas, possesseur de ces manuscrits, les communiqua à M. Roux, qui s'occupa à former le présent volume d'extraits pris dans les tomes I et IV, et qu'il intitula : *Mémoires*, etc., parce que l'auteur y rapporte en forme de journal ce qui de son temps s'est passé de plus remarquable en Provence, et principalement à Marseille, et ce à quoi il a eu plus ou moins de part. En outre, M. Roux-Alphéran donna dans l'avertissement ci-dessus mentionné le sommaire de ce que contiennent les quatre volumes, en sus de ce qu'il avait copié.

Entre l'avertissement et la notice, M. Roux-Alphéran a intercalé des extraits imprimés des registres de la cour, concernant sa nomination comme greffier en chef, la prestation de son serment et sa démission desdites fonctions.

A la fin du volume sont quatre pages de l'écriture d'Antoine de Félix, détachées des feuilles volantes, qui ont été réunies dans le quatrième volume de ses manuscrits.

59. Recueil de mémoires relatifs à l'histoire de Provence pendant le XIV\e siècle. In-fol° de 385 pages, écrit en entier par M. Roux-Alphéran, demi-reliure.

Ce volume renferme la copie de trois manuscrits intéressants de la bibliothèque d'Aix, savoir :

1° Journal de Jean-Lefèvre, évêque de Chartres, chancelier de Louis I et de Louis II, rois de Sicile et comtes de Provence, depuis le 28 juillet 1384 jusqu'au 17 décembre 1387.

2° Mémoires de Bertrand Boisset, citoyen d'Arles, contenant ce qui s'est passé de remarquable en Provence, et principalement à Arles, depuis l'an 1376 jusqu'en 1414 inclusivement.

3° Discours das troublès que foron en Prouvence, dal temps de Loys segond dal nom, filz de Loys premier, reys de Sicile et comtes de Prouvence, per aquel Raymond Rougier de Thoraine, surnoumat lou viscomte de Thoraine, et Alienor de Cominges, sa maire ; en l'an 1389.

60. Mémoires de Honoré d'Agut et autres

pièces relatives à l'histoire de Provence. In-4°
demi-reliure basane, frontispice avec encadre-
ment, écrit en entier de la main de M. Roux-Alphéran.

Les pièces de ce recueil sont au nombre de 49. V. la table
placée en tête.

Nous signalerons notamment :

1° Notice sur Honoré d'Agut, né à Aix en fin novembre
1565, mort vers le milieu de l'année 1643.

2° Discours de l'institution, establissement, progrès et
suitte du Parlement de Provence, fait par M. Me Honoré
d'Agut, conseiller du roy audit Parlement.

Cette histoire s'arrête en 1642. Le mst original de d'Agut
existe à la bibliothèque d'Aix, avec ses armoiries sur plat et le
chiffre de Peiresc aux angles. Il est précédé d'une notice du
même auteur intitulée : *Du Parlement de Provence et de
touts messeigneurs les présidents, conseillers, gens du
roy, des sieurs greffiers et autres officiers*, etc. A la suite
du discours de l'institution sont des extraits des délibérations
du Parlement de Provence, commençant au mois de janvier 1542 et finissant le 30 juin 1656, rédigées par M. le
conseiller de Guerin, avec additions jusqu'au 16 février 1700,
tirées d'un manuscrit de M. le marquis de Château-Renard.
La pièce qui précède et celle qui suit le *discours de l'institution*, ne sont pas transcrites par M. Roux-Alphéran.

3° Remarques chronologiques et historiques des ventes,
aliénations, réunions au domaine de Provence, reventes et
autres changements de mains de la terre et baronnie de Châteaurenard et de ses dépendances (par Joseph d'Aymar de
Brès).

Précédées d'une courte notice sur l'auteur; suivent diverses
pièces relatives à Châteaurenard.

4° Discours de ce qui s'est passé pour la course de bague faicte à Arles, le samedy dernier jour de février 1609 ; avec cette note à la fin de M. Roux-Alphéran :

« J'ai copié la relation qui précède sur une méchante copie
« que MM. les chevaliers de Lestang-Parade m'ont prêtée.
« Ils n'ont pas su me dire ce que c'est ce cayer de Gertoux,
« où il paraît que se trouve l'original. Les passages en langue
« espagnole y sont sans doute pleins de fautes d'ortographe,
« mais j'ai copié du mieux que j'ai pu et en parfait ignorant
« de cette langue, etc.

Que MM. les chevaliers de Lestang-Parade n'aient pas su dire à M. Roux-Alphéran ce que c'est ce cayer de Gertoux, cela est possible.... mais comment M. Roux, si bien au courant du contenu des manuscrits de la bibliothèque d'Aix, relatifs à la Provence, n'a-t-il pas remarqué le manuscrit n° 560, qui est un extrait du cayer ou registre de Jean Gertoux, avocat de la ville d'Arles, et dans lequel volume est relatée tout au long, parmi une quantité de pièces plus ou moins intéressantes, la narration ci-dessus énoncée de la course de bague, morceau rempli de détails piquants sur les mœurs de l'époque ?

(V. mon catalogue raisonné des manuscrits concernant la ville d'Arles, etc., pag. 27 et 28.)

5° Conventions et priviléges des habitants de Monaco avec les comtes de Provence, du 29 janvier 1329.

6° Trois chartes extraites du cartulaire de Lerins et de celui de l'église d'Apt.

7° Notice sur André Nostradamus, capucin, mort en 1604, fils du prophète (de l'écriture de de Haitze), suivie de la copie d'une épitre dédicatoire des x° et xi° centuries des prophéties, où il est parlé d'un Henri Nostradamus, etc.

Les 24 dernières pièces sont des affiches imprimées contenant des arrêts et ordonnances de 1623 à 1638, sur le défrichement et la dépopulation des bois, les jeux de longue-boule, autrement dits le but-avant, les ouvrages à exécuter pour la démolition du château des Baux, la police des églises, les priviléges et exemptions du clergé, etc., etc.

61. Recueil de Mémoires et pièces relatifs à l'histoire de Provence et de la ville d'Aix. In-4°, 309 feuillets, rel. basane, de l'écriture de M. Roux-Alphéran.

Ce recueil comprend 73 pièces, pour lesquelles on peut consulter la table à la fin du volume. Ce sont en général des mélanges historiques, anecdotiques, biographiques, etc., tels que les suivants :

Processus aliaque scitu digna de Roberto archiepiscopo aquensi.

(Déjà à la bibliothèque d'Aix, manuscrit n° 540).

Diverses pièces relatives aux troubles des *Cascaveoux*.

Recueil de pièces sur l'établissement de l'imprimerie à Aix.

Brevet et lettres-patentes de Louis XVI portant permission aux dignitaires et chanoines du chapitre de Saint-Sauveur d'Aix, de porter une croix d'or émaillée à 8 pointes.

Anecdote sur les dominicains de Toulon, etc., etc. Les n°s 8 à 18 comprennent 11 pièces qui devraient faire partie du recueil des mémoires de M. Roux sur l'histoire de Provence au 16e siècle, mais qui était déjà relié quand il s'est procuré ces documents. Ce sont :

Mémoire des choses notables survenues en France et Provence de la première jeunesse de moi Pierre Mane (1544 à 1562).

Discours du temps que nous demeurâmes dans Fréjus et de la prise du Muy et de Roquebrune, jusques que le sieur de Montaud nous en sortit.

Mémoires de ce qui est arrivé au château du Broc, sur la rivière du Var, durant la guerre.

Relation de la défaite d'Allemagne par le sieur de Saint-Martin.

Ligue depuis 1585 jusqu'en août 1590.

Sommaire discours des guerres de cette province, dèz la mort de feu M. le grand prieur, jusqu'à la venue de M. de Guise, gouverneur d'icelle.

Mémoires d'André Fournier, procureur du roi au siége d'Hières, depuis 1588 jusqu'en septembre 1595.

Mémoires envoyés à Paris à M. Malherbe sur les affaires de Provence, depuis 1588 jusqu'en 1592.

Mémoires de M. de la Baurde, 1591.

Sur madame la comtesse de Sault.

Projet de traité du duc d'Epernon avec le duc de Mayenne.

Tous ces mémoires, dont quelques-uns sont fort succincts, existaient déjà à la bibliothèque d'Aix, dans le recueil cité 540, écrit en entier de la main de M. de Méjanes. Ils sont extraits pour la totalité du registre 66, vol. 1er des manuscrits de Peiresc.

62. Recueil de mémoires et pièces sur la Provence et la ville d'Aix. In-4° de 316 feuillets, rel. basane, de l'écriture de M. Roux-Alphéran.

Ce recueil comprend 60 pièces (V. la table en tête).

On trouve en première ligne les mémoires de Geoffroy de Valbelle, lesquels traitent de la guerre de Raymond de Turenne, aux années 1390 et suivantes, en langue provençale, avec la traduction française en regard, par le R. P. François de Marseille, capucin.

Suivent des observations sur ces *prétendus* mémoires, qui sont apocryphes aux yeux de M. Roux-Alphéran.

Nous avons dit dans quel but ces mémoires avaient été supposés ; pour monter dans les carrosses du roi, il fallait prouver une noblesse antérieure à l'an 1400, et les Valbelle voulaient, à défaut de titres réels, justifier par ces prétendus mémoires que leur famille remontait à l'époque de la guerre de Turenne. Or, les Valbelle n'existaient pas encore à cette époque, quoiqu'en disent les généalogistes complaisants et entr'autres le père Leotard, en sa généalogie de la maison de Valbelle, imprimée à Amsterdam (Aix, David), 1730, in-4°.

Une preuve matérielle de la supposition de ces mémoires résulterait encore, suivant M. Roux-Alphéran, de la vignette en forme de corbeille de fleurs que l'on voit sur le frontispice de ce livre, format in-4° de 87 pages, entre la date 25 décembre 1621, et l'indication de l'imprimerie d'Etienne David. Cette vignette ne se trouve sur aucune des impressions d'Etienne David, tandis qu'on la voit sur le frontispice de l'histoire de la principale noblesse de Provence (par Balthazar de Maynier), vol. in-4° imprimé à Aix chez Joseph David, en 1719. Ce malicieux imprimeur, ajoute M. Roux, a voulu, je le soupçonne, signaler la supposition aux curieux, et je crois ne pas me tromper dans ma conjecture.

Ces mémoires sont excessivement rares, et il est probable que les Valbelle, regrettant plus tard cette supposition, auront détruit l'édition presque entière. Aucune biographie, aucun catalogue de livres ne les mentionnent.

M. Roux-Alphéran pense qu'il n'en existe plus que quatre exemplaires.

Le premier, parmi les livres que M. Pontier, libraire à Aix, vendit aux enchères en 1821, et qui est passé en des mains inconnues.

Le second ayant appartenu à M. Nicolaï, d'Arles, et aujourd'hui en la possession de M. Rouard ; c'est sur cet exemplaire que M. Roux-Alphéran avait pris la copie insérée dans le présent recueil.

Le troisième, que M. Roux trouva, en avril 1833, dans la bibliothèque du château de Meyrargues, appartenant à madame la marquise d'Albertas, née de Caussini de Valbelle; cet exemplaire est demeuré au pouvoir de M. d'Albertas.

Le quatrième, découvert par M. Roux-Alphéran parmi de vieilles brochures, à l'hôtel d'Albertas à Aix, et que M. le marquis d'Albertas lui donna immédiatement. Cet exemplaire appartient aujourd'hui aux héritiers de M. Roux.

M. Roux-Alphéran tenait encore de la générosité de M. d'Albertas quatre autres volumes imprimés ou manuscrits concernant les Valbelle· (V. à ce sujet deux lettres adressées à M. Roux-Alphéran par M. Félix d'Albertas, datées du Puget, les 22 avril 1833 et 8 juin 1834, et qui sont insérées dans ce recueil à la suite des observations sur les mémoires de Geoffroy de Valbelle.)

Parmi les autres pièces de ce volume, nous signalerons :

Divers documents concernant Adam de Crapponne.

Mémoires de Nicolas de Bausset, lieutenant du sénéschal de Marseille, sur les troubles de cette ville, depuis 1585 jusqu'en 1596.

Une copie de ces mémoires existait déjà à la bibliothèque d'Aix, avec cette note de M. Charles Giraud sur la garde intérieure :

« Je donne cette copie des mémoires de N. de Bausset à
« la bibliothèque d'Aix. Avant d'être en ma possession, elle
« appartenait à la famille de Bausset, et je la tiens de M. de
« Bausset-Roquefort, neveu de M. l'archevêque d'Aix. M.
« Roux-Alphéran a pris sur mon exemplaire une copie de
« ces mémoires. Aix, 20 mars 1836. »

Mémoires ou journal du président Gaufridi (1622-1666).

Extrait de la correspondance de MM. Decormis et Saurin, avocats à Aix, pendant la peste de 1720 et 1721.

Manuscrit autographe de l'abbé de Coriolis, contenant la relation de ce qui s'est passé lors de la suppression du Parlement de Provence, le 1er octobre 1771.

Des notices sur divers Provençaux illustres ; les actes de baptême et de décès de P.-J. de Haitze ; des autographes et des signatures de personnages célèbres, etc.

63. Recueil de mémoires relatifs à l'histoire de Provence pendant le seizième siècle. In-4° de 287 feuillets, rel. basane, de l'écriture de M. Roux-Alphéran.

V. la table en tête de ce recueil, qui contient 22 pièces et dont la première est :

Histoire mémorable des choses advenues au pais de Prouvence à l'arrivée de M. Charles de Montpensier, prince françois auparavant connestable de France, du reigne du roy François en l'an MDXXIIII ; avec le discours véritable de tout ce qui se passa durant le siége qu'il mit en faveur de l'empereur Charles-le-Quint devant la fameuse cité de Marseille. 1524.

Cette relation du siége de Marseille par le connétable de Bourbon a dû être copiée par M. Roux-Alphéran sur l'exemplaire que possédait déjà la bibliothèque d'Aix, in-4° de 80 feuillets. « Elle a été composée, dit M. Roux, au commen« cement du siècle suivant sur les mémoires des contempo« rains et notamment sur ceux de Jean Thierry dit de l'Etoile, « dont il est fait mention dans l'histoire de Marseille, par « Ruffi, liv. 7, chap. 6. L'auteur ne m'en est pas connu ; « mais on voit par son épitre dédicatoire à Charles de Lor« raine duc de Guise, gouverneur de Provence, signée ***, « et par une espèce d'avant-propos où il passe en revue les

« diverses dominations auxquelles la ville de Marseille a été
« soumise (deux pièces que j'ai cru inutile de copier comme
« ayant peu de rapport avec l'histoire de ce siége), on voit,
« dis-je, que cet auteur étoit natif de Marseille, qu'il écrivit
« cette relation en 1608, et qu'il avoit déjà composé sous le
« titre de *Massaliographie* une description des antiquités et
« des curiosités de Marseille, qu'il avoit dédiée au roi Henri
« IV. Les mémoires de Jean Thierry de l'Etoile, dont je
« viens de parler, sont cités dans la bibliothèque historique
« du P. Lelong, tom. 3, n° 38,248. Ils étoient dans le ca-
« binet de M. de Ruffi, et ils ont passé depuis dans celui
« de M. Michel de Léon, à Marseille, comme le témoigne le
« P. Papon dans son histoire générale de Provence, tom. 4,
« pag. 42.

Je complète cette note de M. Roux-Alphéran en ajoutant
que le manuscrit de Jean Thierry est passé, après M. Michel
de Léon, en la possession de feu M. le marquis de Foresta,
et qu'à la vente des livres de ce dernier il a été acquis par un
bibliophile marseillais connu par sa belle collection de livres
relatifs à la Provence et par les soins intelligents et assidus
qu'il apporte à l'enrichir.

Les autres mémoires contenus dans ce recueil sont ceux
d'Antoine de Puget seigneur de Saint-Marc ; de M. de Mau-
rillan, capitaine des gardes de M. le grand prieur ; du capitaine Guis ; de Gaspard de Forbin, seigneur de Solliers et de
Saint-Cannat ; de Jean du Bourg ; d'Honoré-Louis de Cas-
tellane-Bezaudun.

On trouve encore dans ce volume :

La *relation* de l'ordre tenu par les seigneurs des comptes
à l'arrivée de Charles IX en Provence, par Thomas Boisson.
V. les *Rues d'Aix*, tom. 1, pag. 357. Cette relation avait été
transcrite par M. Roux-Alphéran sur le manuscrit autographe donné à la bibliothèque d'Aix par M. Boisson de la Salle,

auteur d'un essai sur l'histoire des comtes souverains de Provence et dont Thomas Boisson était le sixième aïeul.

Le *journalier sommaire* de Jean Barcillon, sieur de Mauvans, relatif aux principaux évènements du 18 novembre 1590 au 9 avril 1591.

Le journal de Foulques Sobolis, concernant ce qui s'est passé en Provence depuis l'an 1562 jusqu'en l'année 1607.

Les contrats de mariage de de Vins, du comte de Sault et du comte de Carces.

Notice de l'état consulaire d'Aix en 1580.

La protestation du chapitre de Saint-Sauveur, s'il était obligé de signer les articles de l'union connue sous le nom de la Ligue.

Délibération du conseil de ville d'Aix, relative à un usage établi dans le XVIᵉ siècle.

Etat de ce qui fut payé aux jeux qui marchèrent pour la Fête-Dieu à Aix, en 1600.

Ces relations, mémoires ou journaux ont dû être copiés par M. Roux-Alphéran sur les manuscrits possédés par la bibliothèque d'Aix.

64. Mémoires des généreuses actions de feus messeigneurs Jean et Gaspard de Ponteves père et fils, comtes de Carces, chevaliers des ordres du roi, conseillers en ses conseils d'état et privé, capitaines de cinquante hommes d'armes de ses ordonnances, grands sénéchaux et lieutenans-généraux pour S. M. en Provence.

A madame, madame la comtesse de Carces, par Barthélemy Augier, leur secrétaire. In-4° rel. basane, de l'écriture de M. Roux-Alphéran.

La copie de ces mémoires déjà à la bibliothèque d'Aix, a

été prise par M. Roux sur le manuscrit original de Barthélemy Augier, appartenant à M. Jean-Louis Sermet-Tournefort. A Aix, 1803.

En tête sont deux feuillets de notes tirées du livre de raison de Balthazard Sermet, au sujet de la maison de Pontevés comte de Carces.

65. Histoire de Provence sous le gouvernement du comte d'Alais, par Pierre-Joseph de Haitze, in-4° 273 pages, demi-rel. basane, de l'écriture de M. Roux-Alphéran.

Le manuscrit autographe et une copie de cette histoire qui s'étend de 1637 à 1653, existaient déjà à la bibliothèque d'Aix. A la suite de l'autographe sont diverses pièces historiques imprimées.

L'exemplaire Roux-Alphéran contient aussi plusieurs documents imprimés : ce sont diverses ordonnances rendues par le comte d'Alais, des extraits des registres du Parlement, concernant les troubles de Provence, le manifeste de la ville d'Aix sur les mouvements de cette province, etc.

66. Aix ancienne et moderne ou la topographie de la ville d'Aix, par Pierre-Joseph de Haitze, 1715. In-4° cartonné, 71 feuillets, écriture de M. Roux-Alphéran.

La copie de la bibliothèque d'Aix contient des additions interlinéaires et autographes du président de Saint-Vincens le fils, sur l'état actuel de la ville en 1788. Ces notes ont été omises par M. Roux dans sa copie suivie de la pièce suivante :

Répertoire général ou dictionnaire abrégé de tous les titres qui sont déposés dans les archives du roi tenues par la cour

des comptes, aides et finances de Provence, fait pour l'utilité
des fiefs; par messire Pierre-Joseph-Laurent de Gaillard de
Longjumeau seigneur de Ventabren, de la Bourdonnière et
de Valbonnette, conseiller en la même cour, et l'un des commissaires élus par la noblesse du pays en 1755.

En tête est la copie d'une lettre adressée à M. de Gaillard,
par le ministre, de la part du roi ; elle est datée de Compiè-
gne le 20 juillet 1764. Il y est parlé du projet qu'a le roi de
faciliter les études de l'histoire et du droit public de la France,
et de l'établissement d'un dépôt général devant renfermer des
copies exactes de toutes les chartes et autres monuments qui
peuvent conduire à ces connaissances importantes. M. de
Gaillard est proposé au roi pour seconder ses vues, comme
attaché par goût aux études du droit public et des antiquités
françaises. Suit une copie de la réponse de M. de Gaillard,
datée d'Aix le 6 août 1764. Il accepte la mission qui lui est
confiée, et assure le ministre de son zèle et de toute son attention.

67. (Recueil de diverses pièces historiques et
biographiques concernant Aix et plusieurs familles de cette ville, etc., etc.) In-4° de 347 feuillets, rel. basane, de l'écriture de M. Roux-
Alphéran, sans frontispice.

Il y a à la fin plusieurs pages restées en blanc, suivies
d'une table des matières comprenant 67 articles et qui n'est
pas terminée. Ce recueil renferme plusieurs documents dignes
d'intérêt, parmi lesquels nous signalerons :

Mémoire sur les monuments, tableaux, statues, etc. de
cette ville d'Aix, par M. de Saint-Vincens le fils, en 1791.

Chronologie des officiers du Parlement, de la cour des
comptes, aides et finances.

Notes sur quelques personnages illustres natifs d'Aix.

Chronologie des archevêques d'Aix, des prévôts de Saint-Sauveur et des prieurs de Saint-Jean.

Catalogue des portraits des Provençaux conservés dans le cabinet de M. de Saint-Vincens à Aix (1804).

Diverses notes concernant Malte.

Montagne et ermitage de Sainte-Victoire.

Notes sur quelques familles d'Aix. Filiation des familles Rostolan et Boyer de Fonscolombe.

Extraits du *lévadour* du chapitre de Saint-Sauveur.

Chronologie de la sénéchaussée générale de Provence.

Discours des officiers de justice et municipaux, tant anciens que modernes de la ville d'Arles, avec une particulière description des fonctions de ceux qui les exercent. Manuscrit in-fol° en partie de la main de M. de Meyran-Lagoy. Ce ne sont que quelques notes très-concises prises en 1844 sur ce manuscrit au pouvoir de M. Bouteuil, doyen de la Faculté de droit d'Aix.

Lettres de noblesse en faveur du sieur Jacques Gassier, sindic de l'ordre de la noblesse du pays et comté de Provence. Août 1777.

Le dernier article inséré dans ce recueil concerne l'acquisition par M. Roux-Alphéran, chez un fripier, en mars 1855, d'une inscription arabe sur une grande plaque de marbre ; cette inscription est rapportée par Millin, (Voyage dans les départements du midi de la France, tom. 2, pag. 336).

68. Chronologie des officiers des cours souveraines de Provence, de l'écriture de M. de Clapiers-Collongue. Petit in-fol° de 183 pages, demi-rel.

Ce volume ne contient guère que des dates de réceptions, de naissances, mariages ou décès, se rapportant aux membres de ces diverses cours.

A la fin est une table alphabétique des noms propres, par M. Roux-Alphéran.

Cette chronologie s'étend jusqu'à l'époque de la révolution.

69. La vie de M. le bailly de Valbelle, chef d'escadre des armées navales de France, par M. Desprès, capitaine de brulot. In-4°, reliure basane, de 311 feuillets, avec portrait.

Ce manuscrit est un de ceux donnés en 1833 à M. Roux-Alphéran par M. le marquis Félix d'Albertas. On lit au bas du portrait :

« Jean-Baptiste de Valbelle, chef d'escadre des armées « navales de France, grand croix de l'ordre de Sain-Jean de « Jérusalem, décédé le 16 avril 1681, ætatis suæ 53. »

J.-B. de Valbelle, né à Marseille le 20 septembre 1627, était fils de Cosme de Valbelle seigneur des Baumelles. Il se signala surtout dans une affaire, où avec un vaisseau de 30 canons et 262 hommes d'équipage, il lutta pendant trois jours contre quatre vaisseaux anglais ; dans le combat du golfe de Lyon, il coula à fond ou dissipa avec quatre navires la flotte des Algériens, composée de douze vaisseaux ; ajoutons qu'il détruisit une partie de la flotte d'Espagne en l'incendiant dans le port même de Reggio, où il pénétra avec deux seuls navires et un brulot.

70. (Répertoire par ordre alphabétique des actes de baptême, de mariage et de sépulture qui se trouvent dans les registres des quatre paroisses de cette ville, dans ceux d'environ vingt-cinq communautés religieuses d'hommes et de femmes qui existaient à Aix avant la révolution, et dans les registres des sénéchaussées d'Aix, de

Marseille et d'Arles.) 14 vol. in-fo° couverts en parchemin, de l'écriture de M. de Clapiers-Collongue.

Nous sommes entré dans quelques détails au sujet de ce volumineux recueil, et nous avons dit que M. Roux-Alphéran en avait fait le sujet d'une lecture à une séance publique de l'Académie d'Aix, travail dont nous possédons une copie. Les recherches dans le répertoire de M. de Clapiers ne sont pas toujours très-faciles, à cause de la mauvaise écriture de l'auteur, de ses abréviations et de la manière trop resserrée et peu claire avec laquelle il a disposé ses matériaux. M. Roux-Alphéran avait classé les 14 volumes dans un ordre rationnel et sous le titre de *Note des manuscrits laissés par M. le chevalier de Clapiers-Collongue*, il en avait rédigé un état sommaire. Nous avons eu à notre disposition l'original de cette table et une copie que nous a obligeamment communiquée M. le marquis de Boisgelin. L'ordre suivi par M. Roux n'est pas tellement exclusif qu'on ne puisse classer les volumes d'une manière différente. Nous donnons toutefois la préférence à la classification de M. Roux, quoique les volumes aient été numérotés récemment d'après un autre système. Voici donc la copie du travail de M. Roux ; nous avons eu soin de souligner quelques courtes modifications ou additions que nous avons cru pouvoir nous permettre :

1er *in-fol°*. — Baptêmes anciens, hommes et femmes de la ville d'Aix par ordre alphabétique, avec les baptêmes des paroisses étrangères à la ville d'Aix, aussi par ordre alphabétique. Ceux d'Aix (hommes) commencent à *Abeille*, pag. 1, et finissent à *Ulme*, pag. 435. Ceux des paroisses étrangères commencent à la même page 435, et finissent page 601. Ceux d'Aix (femmes) commencent à la page 613 et finissent à la page 833, article *Urtis*. Il n'y a que des baptêmes d'enfants appartenant à des familles nobles ou bourgeoises. *A la fin du volume, il y a un supplément lettre O pour les femmes.*

2ᵉ *in-fol*ᵒ. — Mariages des paroisses étrangères à la ville d'Aix, où il y a au moins une des parties contractantes qui soit d'Aix, commençant par *Aiguilles*, pag. 1, et finissant par Vitrolles-lès-Martigues, pag. 80, savoir : Aiguilles, Allauch, Ansouis, Artignocs, Aubagne, Auriol, Aurons, Beaudinard, Beaurecueil, Berre, Bezaudun, Bouc, Bruée, Cabriès, Cadenet, Cassis, Ceireste, Charleval, Châteauneuf-le-Rouge, Châteauneuf-les-Martigues, Corbières, Cucuron, Cuges, Esparron de Pallières, Fos-Amphoux, Fuveau, Gardanne, Gémenos, Gignac, Ginasservis, Grambois, Jouques, Jonquières-du-Martigues, l'Ile-du-Martigues, Istres, Julians, La Barben, La Bastide-des-Jourdans, La Ciotat, La Fare, Lambesc, Lançon, La Pène-lès-Aubagne, La Roque-d'Antheron, La Tour-d'Aigues, La Verdière, Lauris, Le Puy-Sainte-Réparade, Les Milles, Les Pennes, Le Tholonet, Le Vernègue, Lourmarin, Mallemort, Marignanes, Meyrargues, Mérindol, Meyreuil, Mimet, Mirabeau, Montjustin, Nans, Ollières, Peynier, Peyrolles, Pélissanne, Pepin-d'Aigues, Pepin-de-la-Trousse, Pertuis, Pierrefeu, Pourcieux, Pourrières, Puyloubier, Puyricard, Reillanne, Rians, Rognes, Roquevaire, Rousset, Septêmes, Sillans, Simiane, Saint-Antoine, Saint-Canadet, Saint-Canat, Saint-Chamas, Saint-Genest, Saint-Germain, Saint-Julien-le-Montagnier, Saint-Marc-de-Jaumegarde, Saint-Marcel, Saint-Mitre, Saint-Paul-de-Durance, Saint-Martin-de-Pallières, Saint-Savournin, Saint-Victoret, Saint-Zacharie, Trebillane, Trets, Varages, Vaugines, Vauvenargues, Velaux, Venelles, Ventabren, Villelaure, Vinon, Vitrolles-lès-Luberon, et finissant à Vitrolles-lès-Martigues, folᵒ 80.

Suivent à la page 81 diverses sépultures dans les mêmes paroisses, lesdites sépultures par ordre alphabétique jusqu'à la page 127.

Suit à ladite page 127 un répertoire par ordre alphabétique de tous les mariages précédents.

Suivent les mariages d'Aix par ordre alphabétique, depuis 1793 jusqu'en 1817, depuis la page 162 jusqu'à.... *la fin du volume dont un quart environ est resté en blanc.*

3e *in-fol°*. — Sépultures des paroisses d'Aix par ordre alphabétique, depuis 1744, page 1 jusqu'en 1792.

4e *in-fol°*. — Mariages de la paroisse Saint-Esprit d'Aix, depuis 1670 jusqu'en 1792, avec les répertoires par ordre alphabétique.

Mariages de la paroisse Saint-Jean-Baptiste du faubourg *ou de la Doctrine*, depuis 1704 jusqu'en 1792, avec répertoire par lettres alphabétiques.

Baptêmes de la paroisse Saint-Sauveur, par ordre alphabétique, depuis 1700 jusqu'en 1792.

5e *in-fol°*. — Mariages de la paroisse Sainte-Magdeleine, depuis 1598 jusqu'en 1792, avec les répertoires par ordre alphabétique.

6e *in-fol°*.—Répert. par lettres alphabétiques des mariages de la paroisse St-Sauveur d'Aix, depuis 1668 jusqu'en 1729.

Mariages de Saint-Sauveur, depuis 1668 jusqu'en 1705.

Mariages de Saint-Sauveur, depuis 1706 jusqu'en 1729.

Mariages de Saint-Sauveur, depuis 1602 jusqu'en 1609.

Mariages de Saint-Sauveur, depuis 1730 jusqu'en 1778.

Mariages de Saint-Sauveur, depuis 1778 jusqu'en 1792.

7e *in-fol°*. — Répertoire par ordre alphabétique des mariages de Saint-Sauveur, depuis 1730 jusqu'en 1792.

Répertoire *idem* depuis 1602 jusqu'à 1667, finissant à la lettre F.

Mariages de Saint-Sauveur, depuis 1610 jusqu'en 1653.

Mariages de Saint-Sauveur, depuis 1654 jusqu'en 1667.

Répertoire des lettres G et suivantes desdits mariages depuis 1602 jusqu'à 1667.

8ᵉ *in-fol*°. — Sépultures dans les églises d'Aix, commençant à la page 1, *Abeille*, et finissant à la page 260, *Wridrggton*. Suivent d'autres sépultures jusqu'à la page 307.

9ᵉ *in-fol*°. — Copie du précédent jusqu'au nom *Rioard*, page 231, non terminé. *Feuilles en blanc.*

10ᵉ *in-fol*°. — Baptêmes de la Magdeleine, par ordre alphabétique, depuis 1700 jusqu'à 1792.

Idem de la paroisse Saint-Esprit.

Idem de la paroisse Saint-Jean-Baptiste du faubourg (ou Doctrine).

11ᵉ *in-fol*°. — Insinuations *de mariages à la Magdeleine et à Saint-Sauveur,* par ordre alphabétique de 1598 à 1731.

Insinuations de la ville d'Arles par ordre alphabétique, de 1563 à 1764.

Insinuations de la ville d'Aix, par ordre alphabétique, de 1559 à 1790.

Autres insinuations d'Arles. *Insinuations de la ville de Marseille,* jusqu'à la lettre D inclusivement.

12ᵉ *in-fol*°. — Répertoires d'insinuations d'Arles et d'Aix.

13ᵉ *in-fol*°. — Sépultures d'Aix, de 1807 à 1847. *Les trois quarts du volume en blanc.*

14ᵉ *in-fol*°. — Naissances d'Aix, de 1811 à 1847. *Chaque année a son ordre alphabétique particulier. Le décès de chaque individu est en outre mentionné avec sa date.* Plus des trois-quarts du volume en blanc.

71. Affiches et placards en feuilles de la ville d'Aix, depuis 1788 jusqu'en 1857.

Au nombre de 65 liasses. Collection plus ou moins complète.

CS PAR AN.   *Dimanche 14 février*   1858 VINGT-DEUXIÈME ANNÉE. N° 7.

RIAL D'AIX

DMINISTRATIF, COMMERCIAL, AGRICOLE
LE D'ANNONCES LÉGALES.
s les Dimanches.

Prix des Annonces:
RÉCLAMES . . . . 50 cent.
DIVERSES . . . . 30 »
JUDICIAIRES. . . . . . 25 »
L'administration du Journal
traite à forfait pour les annonces
à l'année.   *(Affranchir.)*

, 53 ; — à Paris, à l'*Office-Correspondance* de MM. LAFFITE, BULLIER et Cie, rue de la Banque, 20,
ayant un but d'utilité publique sont insérés gratuitement. — Tout ce qui concerne la rédaction, les réclamations,
franco aux Bureaux du Journal. — Les lettres non affranchies seront refusées.

Notice sur mr Roux Alpheran *mort le 8 février* 1858

demi, les avances sur fonds publics ont aussi augmenté
de 15 millions ; le compte courant du trésor, de 15 millions et demi.

Il y a diminution sur le portefeuille de 71 millions —
sur les billets, de 9 — sur les comptes des particuliers,
de 29.

À Londres, l'escompte est descendu à 3 pour cent.

— L'Académie française a élu M. Victor de Laprade
et M. Jules Sandeau, pour les deux fauteuils vacants.

— Les agents de la police envoyés à Londres pour
compléter les renseignements nécessaires au procès
d'Orsini et de ses complices, sont de retour à Paris. Ils
apportent, dit-on, des documents assez nombreux pour
permettre à l'instruction de bien saisir l'ensemble de
cette conspiration, dont le plan remontait à plusieurs
mois.

L'un de ses principaux organisateurs est un Anglais,
du nom d'*Alow*; on aurait la preuve qu'il était en France le 14 janvier, et qu'il coopéra activement au crime
de la rue Lepelletier. Comment il put être à s'enfuir,
échapper aux investigations si promptes, si multipliées
de la police de Paris, on ne le sait pas encore; mais
toujours est-il qu'il serait parvenu à regagner l'Angleterre; depuis que l'on acquis la certitude de sa participation à l'attentat du 14, la police anglaise a fait les
plus actives recherches, mais il a été impossible de le
découvrir, soit qu'il se cache dans une sûre retraite,
soit qu'il ait réussi à quitter le pays.

— Un correspondant parisien de l'*Indépendance
belge* écrit à ce journal :

D'après un renseignement dans lequel j'ai toute
confiance, l'avocat général chargé de faire le rapport à
la chambre des mises en accusation sur l'attentat du
14 janvier aurait présenté son travail et conclurait en
demandant un supplément d'instruction, vu les nouveaux matériaux que le procès et l'extension éven-
tuelle que l'affaire pourrait acquérir. On ne suppose
donc point que les débats puissent s'ouvrir avant la fin
du mois, bien que l'autorité supérieure désire, assure-
t-on, ne pas dépasser ce terme.

— Le 10 au soir, M. Pillard quittait la prison de
Mazas, où il venait de procéder à l'interrogatoire des
accusés dans l'affaire de l'attentat. On dit au palais que
le supplément d'instruction ordonné par la Chambre
d'accusation est terminé, et que vendredi l'arrêt de renvoi devant la Cour d'assises sera prononcé. En ce cas,
Pieri, Orsini, Gomez, Rudio et un sixième individu
que l'on ne nomme pas, mais qui est contumace et qui
me paraît être Aloop, cet anglais qui a servi d'intermé-
diaire pour la confection des grenades de Binghan,
seraient jugés le 22 par le jury de la Seine.

— Voici le texte du bill voté par la Chambre des
Communes d'Angleterre sur la proposition de lord Pal-

lui où elle sera trouvée, de la même manière que si
le crime dont elle est accusée avait été commis dans ce
comté ou ce lieu.

4° Dans toute poursuite intentée en vertu de cet acte,
pour un meurtre devant être commis à l'étranger, on
entendra sous la dénomination de meurtre le fait de tuer
quelqu'un, soit sujet britannique ou non, dans des circonstances telles que, si cette personne avait été tuée
dans le royaume-uni, cela aurait constitué un meurtre,
d'après les lois de ce royaume.

La cinquième clause révoque l'acte irlandais de Geor-
ges III, intitulé : Acte pour fonder et amender les sta-
tuts relatifs à des conspirations.

— 4,600 Anglais et 900 Français ont débarqué le
28 décembre à Canton en Chine, et le 29, à neuf
heures, ils ont escaladé les murailles et occupé sans
beaucoup de résistance la ville haute, qui a peu souf-
fert.

— On écrit de Constantinople le 6, que Fuad-Pacha
a été chargé de représenter la Turquie aux Conférences.

— On mande de Stockholm que les états de la noblesse et du clergé luthérien ont rejeté le projet de loi
présenté par le gouvernement, en faveur de la liberté
religieuse.

Pour extrait : Remondet-Aubin.

Nécrologie. *16 février 1858*

La tombe vient de se fermer sur un vénérable octogénaire dont la longue carrière, consacrée au bien et à
l'étude, laisse un souvenir ineffaçable d'honorabilité,
d'aimable érudition et de patriotisme. M. Roux-Alpheran a été enlevé à son pays et à ses amis. Il s'est doucement endormi dans la mort, de ce sommeil calme et
consolateur du juste qui a sa vie bien remplie, et dont
les jours sont mûrs pour l'éternité.

C'est un mandat impérieux, pour la rédaction du
Mémorial d'Aix, de rendre un hommage public à cette
organisation d'élite, à ce cœur noble et loyal, à cette
nature débonnaire, à ce caractère plein de candeur, à
ce savant simple et modeste, qui enrichit ce journal de
la plupart de ses travaux. Nous ne faillirons pas à ce
devoir posthume. Notre main élèvera avec respect un
monument de gratitude et de piété au collaborateur infatigable qui, pendant huit années, apporta avec empressement, dans nos colonnes, la primeur de ses productions et le tribut de ses recherches intéressantes. S'il
ne s'est trouvé personne, parmi ses collègues dans les
sciences et les lettres, pour prendre la parole et lui dire
un dernier adieu au bord de la fosse, la presse s'efforcera
de réparer cet oubli académique, et d'honorer sa mémoire par la publication d'une notice nécrologique complète.

M. François-Ambroise-Thomas Roux-Alpheran était
né à Aix le 29 décembre 1776, et y est décédé le
8 février 1858, à une heure du matin, à l'âge de 81
ans 1 mois et 8 jours. Il appartenait à une famille des
plus anciennes de cette ville, qui avait fourni son contingent de notabilités à différentes époques. Plusieurs
de ses ancêtres avaient porté le chaperon consulaire et
administré le pays ; d'autres s'étaient distingués comme
dignitaires de l'ordre de Malte et prieurs de Saint-Jean.
On trouve déjà la trace du nom d'Alpheran en 1524, en
la personne d'Antoine Alpheran, notaire, rue Boulegon.
Un fils de celui-ci, Gaspard Alpheran, avait composé,
en 1598, une *Histoire provençale*, qui commence au
déluge, et dont le manuscrit original existe encore à la
Bibliothèque impériale à Paris.

M. Roux-Alpheran fut d'abord destiné au barreau, où
il n'entra qu'en 1802, à cause des premiers événements
de la révolution. Le 29 juin 1807, il fut nommé par
M. de Fortis, maire, secrétaire en chef à la Mairie,
en remplacement de M. Clément aîné, pourvu d'une
justice de paix. Il exerça ces fonctions jusqu'en 1815.
À cette époque, deux députés du département des Bouches-du-Rhône, MM. les marquis de Lagoy et du
Buisset, sollicitèrent, à son insu, et obtinrent pour lui,
de Louis XVIII, l'emploi de greffier en chef de la
Cour royale d'Aix. Il prit possession de cette charge le

6 janvier 1815, et l'occupa jusqu'en 1830. Il la résigna le 7 août de cette année. Quinze autres membres de la Cour donnèrent leur démission avec lui, à la suite de la révolution de juillet, qui remplaça la branche aînée des Bourbons par la dynastie d'Orléans.

Rentré dans la vie privée, M. Roux-Alphéran se consacra entièrement aux lettres, aux études rétrospectives, aux recherches intelligentes et laborieuses, à l'archéologie, et surtout à l'histoire inédite de son pays natal. Il avait rassemblé des matériaux précieux, cueillis dans les archives de la ville et le greffe de la Cour où sont déposés les papiers du parlement de Provence et de la sénéchaussée d'Aix, et dont ses fonctions successives de secrétaire en chef de la Mairie et de greffier en chef lui avaient permis l'accès quotidien et en quelque sorte la jouissance personnelle. Habitué assidu de la bibliothèque Méjanes, pendant de longues années, il opéra des découvertes inestimables dans cette magnifique collection de livres et de manuscrits. Fureteur patient, sagace et passionné, il fit des trouvailles remarquables dans les anciennes maisons où ses relations lui donnaient l'entrée, chez les bouquinistes et jusques dans les étalages de bric-à-brac. Aussi il avait colligé une grande quantité de pièces historiques, de chartes, de lettres patentes, d'autographes, de manuscrits de toute espèce, de livres rares, de tableaux et d'objets d'art relatifs à la Provence, à ses annales et à ses hommes célèbres. M. Roux-Alphéran avait souvent témoigné à ses amis et à celui qui écrit ces lignes l'intention de léguer ces richesses archéologiques à la Bibliothèque de la ville. Nous ignorons si ses dispositions testamentaires ont sanctionné ces intentions patriotiques.

En 1850, lors de la résurrection des jeux de la Fête-Dieu, M. Roux-Alphéran fut arraché à la solitude studieuse de son cabinet et appelé à présider la commission chargée de faire revivre cette solennité historique. Les suffrages éclairés de ses concitoyens et la confiance de l'administration, en le chargeant de la direction de ce comité organisateur, rendaient un hommage éclatant aux connaissances spéciales de ce respectable doyen de l'archéologie locale. En effet, M. Roux-Alphéran était la tradition incarnée, la chronologie vivante, l'histoire d'Aix en chair et en os. Celui qui esquisse cette nécrologie, nommé, à cette époque, secrétaire général de la commission des jeux de la Fête-Dieu, peut, mieux que personne, rendre témoignage des services rendus par ce vieillard érudit, des lumières et de l'esprit de modération et de discernement qu'il apporta au milieu des discussions. Aussi, ce fut avec une joie expansive que M. Roux-Alphéran assista, à la fin de ses jours, à cette fête établie par le roi René, et qui lui rappelait ce passé pour toujours évanoui, dont il fut le constant admirateur et le platonique apologiste.

La société académique d'Aix ouvrit de bonne heure ses portes à M. Roux-Alphéran. Il y occupa un fauteuil peu après 1830, et apporta son contingent de lumières aux travaux de ce corps savant.

Après ces détails biographiques sur M. Roux-Alphéran, nous allons passer en revue les différentes productions de notre compatriote.

Il publia en 1813, à Aix, chez M. Pontier, une brochure de 16 pages in-8°, intitulée : *Choix de lettres inédites de Voltaire au marquis de Vauvenargues.* Ces lettres ont été reproduites par MM. Belin et Brière dans deux nouvelles éditions qu'ils ont données des œuvres de Vauvenargues. On a inséré aussi dans ces éditions, sous le titre d'*OEuvres posthumes*, dix-huit *dialogues*, plus de cent *nouvelles pensées*, environ trois cents *paradoxes, réflexions ou maximes*, un grand nombre de *nouveaux caractères*, un *éloge de Louis XV*, des *réflexions* sur Montaigne, Newton, Fontenelle, et sur la *poésie* et l'*éloquence*. Tous ces morceaux inédits avaient été cédés gratuitement à MM. Belin et Brière par M. Roux-Alphéran, uniquement dans le but d'en faire jouir le public.

En 1825, il fit imprimer, aussi chez M. Pontier, une autre brochure de 28 pages, in-8°, sous le titre de : *Recherches biographiques sur Malherbe, adressées à MM. les maire, adjoints et membres du conseil municipal de la ville de Caen*, reproduite dans la *Biographie de la France* (année 1825, pag. 421, n° 3472).

Ce travail a été considérablement augmenté par l'auteur, dans une seconde édition qui fait partie du volume IV des *Mémoires de l'Académie d'Aix* (pages 365 à 426) sous le titre de *Recherches biographiques sur Malherbe et sa famille*. Il en a été imprimé à part un certain nombre d'exemplaires (Aix, Nicot et Aubin, 1840, 64 pages in 8°) avec le *fac simile* de quatre signatures différentes de Malherbe, dont deux sont orthographiées *Demalerbe* en un seul mot et sans *h*. Un appendice à cette seconde édition (3 pages in 8°) parut chez les mêmes imprimeurs en 1841.

M. Roux-Alphéran écrivit dans l'*Observateur Provençal*, journal qui fut publié à Aix, depuis le 1er jan-

vier jusqu'au 28 avril 1827, divers articles de bibliophilie et de recherches historiques qui furent appréciés.

M. Roux-Alphéran fut une des personnes lettrées de cette ville dont les conseils et le concours contribuèrent à la fondation du *Mémorial d'Aix* en 1833. Sa collaboration devint plus active à partir de 1838, et cette feuille inséra les années suivantes un grand nombre d'articles d'érudition et surtout d'histoire locale qui furent les éléments d'un grand ouvrage intitulé *les Rues d'Aix*, édité en 1846-48 par M. Aubin. La plupart de ces articles furent imprimés à part; nous citerons : *La rue Pont-Moreau*, *Procession de St.-Sébastien*, *La Valette*, *rue St.-Michel*, *Notice sommaire des Evêques natifs d'Aix nommés depuis le concordat de 1801* (il y en avait 11 en 1832, et plusieurs autres compatriotes ont été élevées depuis cette époque à l'épiscopat), *Notice biographique sur feu M. l'abbé de Tuffet, la Tour d'Aygosi, la Tour Merlatade et le Château-du-Diable*, etc.

Les Rues d'Aix ou Recherches historiques sur l'ancienne capitale de la Provence, tel est le titre de l'œuvre capitale de M. Roux-Alphéran. Ce livre forme deux volumes in-8°, sur papier vélin satiné, glacé, avec lettres ornées, fleurons, culs-de-lampe, etc. Il est illustré de lithographies représentant les principaux monuments anciens et modernes et accompagné de deux plans de la ville d'Aix, l'un représentant son enceinte d'autrefois et l'autre son périmètre d'aujourd'hui. Cet ouvrage, sorti des presses de M. Aubin, est imprimé avec un grand luxe typographique. Le tome 1er parut en 1846 et le tome 2e en 1848.

Les Rues d'Aix sont dans toutes les bibliothèques, et il serait oiseux de revenir sur le mérite de cette publication qui restera comme un des monuments les plus complets de l'histoire locale. L'auteur, en parcourant tour à tour les rues de notre ville, fait l'historique de ses agrandissement successifs, de ses édifices, de ses établissements, de ses institutions, de ses maisons, de ses familles et de toutes ses notabilités. Les dates et les renseignements sont d'une exactitude rigoureuse, car ils sont puisés aux sources les plus authentiques et presque toujours accompagnés de la citation des pièces à l'appui.

Il ne faut pas chercher dans ce travail la méthode, critique, la philosophie de l'histoire. C'est simplement un recueil de faits et d'événements un peu plus intéressants, présentés avec le ton d'une causerie agréable, où la franchise et la bonhomie de l'auteur s'aiguisent d'une pointe de malice lorsqu'il exprime (l'occasion s'en présente souvent) ses regrets pour le *bon temps jadis*, dont il s'était constitué l'un des admirateurs les plus fervents. —*Laudator temporis acti!*

Enfin, M. Roux-Alphéran fit paraître, en 1851, une brochure intitulée : *Adam de Crapponne et le bailli de Suffren* (Aix, in-8°, imp. Aubin), où il démontre que ces deux illustrations provençales ne sont pas nées à Salon, ainsi qu'on le croit communément.

Telle est la vie, telle est l'ensemble des œuvres de M. Roux-Alphéran. Il en ressort que son existence laborieuse fut entièrement consacrée à l'étude et aux recherches archéologiques. Comme homme public et privé, il était doué des qualités les plus estimables. L'aménité et l'urbanité des formes étaient unies chez lui à une grande fermeté. Religieux, il joignait la tolérance à la foi; inébranlable dans ses convictions, il alliait la constance dans ses opinions à une modération qui ne se démentait jamais. — J.-B. Gaut.

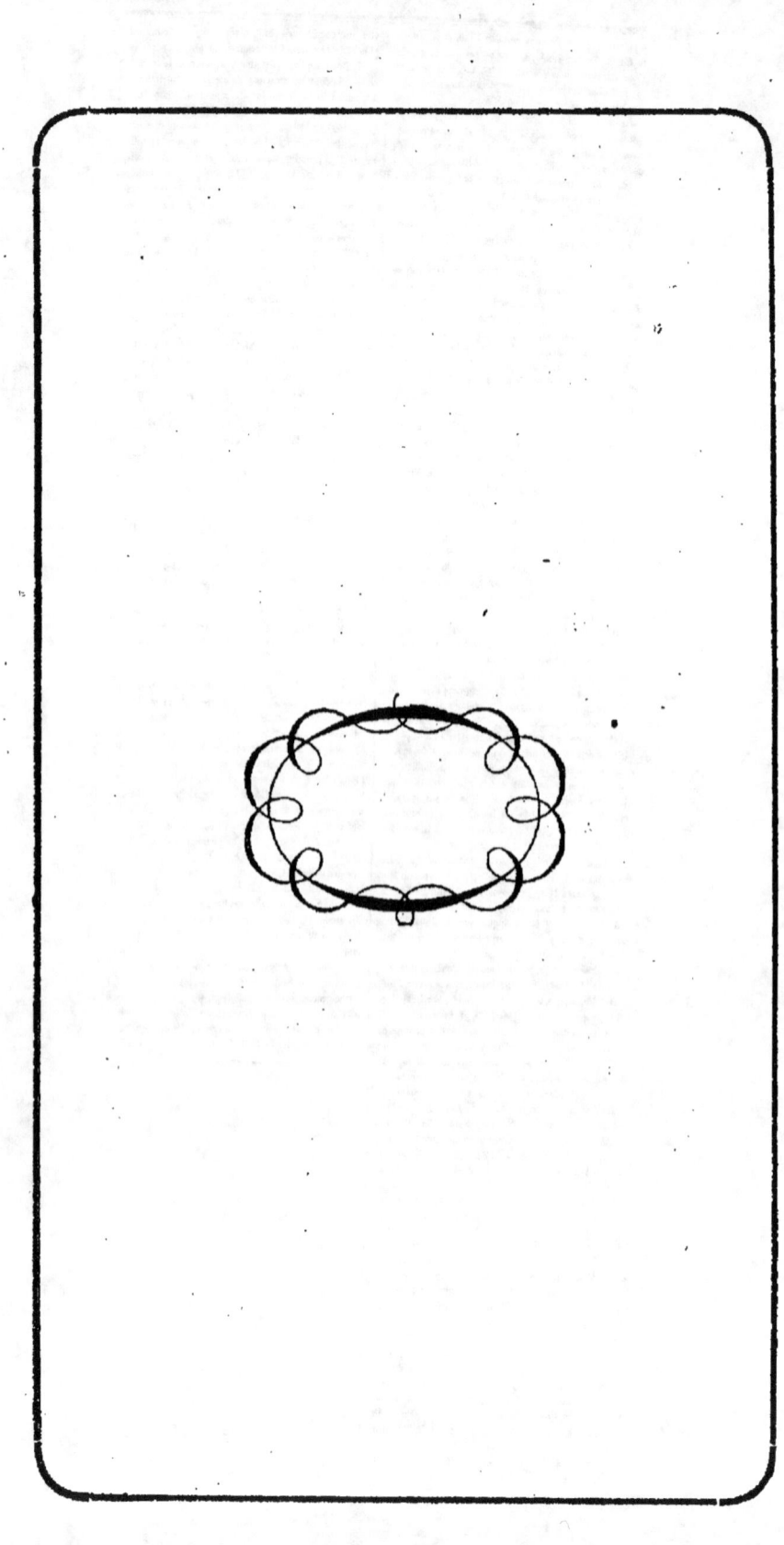